AF139270

Die Dimension der Fantasien

von Laura Schmitz

für meine Freundinnen: Ange, Emma, Jenni und Paula
sowie für meine Cousine Fiona

Vorwort

Jede Person ist gleich, wenn wir uns jedenfalls als Betrachter weit entfernt befinden und nur grob von außen auf alle diese Menschen blicken. Dann können wir ganz allgemein behaupten, dass wir Menschen uns alle ähneln. So wie für uns alle Grashalme gleich erscheinen. Doch wenn man näher in die Menschen schaut, dann wird man schnell merken, dass wir doch alle sehr verschieden sind. So gibt es Menschen, die sind hübsch, während andere einfach nur intelligent sind. Aber auch diese intelligenten Menschen unterscheiden sich wiederum untereinander. Doch muss es nicht irgendwie möglich sein, alle verschiedenen Charaktereigenschaften, welche dich ausmachen, irgendwo zu speichern? So wie man Baupläne von Häusern zeichnet? Aber genau so etwas gibt es. Tief in unserem Körper existiert eine unvorstellbar stark verzweigte Höhle, welche genau nach unserem Charakter geformt ist. Jeder Mensch besitzt eine andere. Höhlen mit Tunneln, welche je nach Charakter unterschiedlich tief sind. Es gibt aber nicht nur Tunnel, sondern auch lange, dünne Hervorhebungen. Man muss es sich so vorstellen, wie als würde jemand in den Boden ein Loch graben. Der Hohlraum, der dabei entsteht, verkörpert dabei zum Beispiel die Charaktereigenschaft Schüchternheit, während die aufgeschichtete Erde, die daneben entsteht, eine andere Eigenschaft darstellt. Bei einem anderen Menschen könnte an der Stelle, wo sich dieses Loch befindet, dagegen die aufgeschüttete Erde liegen, wenn dieser Mensch nicht schüchtern, sondern sehr selbstbewusst wäre. Doch natürlich gibt es ja noch deutlich mehr

Eigenschaften, die einen Menschen ausmachen und so ist die Höhle mit viele Gängen und Tunneln ein sehr komplexes Gebilde. Doch was ist eigentlich der Unterschied zur DNA? Sie beinhaltet unsere genetischen Informationen, die bei jedem anders sind. Die DNA hat vielleicht einen Einfluss auf unseren Charakter, jedoch ist auch unser Umfeld sehr entscheidend. Kurz gesagt, dieses Tunnelgewölbe lässt sich verformen. Und das ist gar nicht so schwer, wie man vielleicht annehmen könnte. Es lässt sich sogar sehr leicht verformen. Doch es gibt da noch etwas Wichtiges zu erwähnen. Und zwar auch, wenn dieser Bauplan in uns steckt, ist er für uns nicht sichtbar oder irgendwie messbar. Denn er existiert in einer anderen Dimension.

1. Kapitel: Wie alles begann

„Das alltägliche Schulleben ist so stinklangweilig. Gerade habe ich Pause. Doch danach beginnt das nächste langweilige Fach, in dem ich versuchen muss, nicht einzuschlafen. Was mir vor allem in Geschichte sehr schwer fällt. Zum Glück regnet es, denn sonst müssten wir alle nach draußen raus in die Kälte. Stattdessen sitzen alle Schüler eng beisammen in den Sitzgruppen, die jedoch nicht für alle Schüler ausreichen. Aber ich war vorhin schnell gewesen und bekam einen von den begehrten Sitzplätzen ab. Der Vorteil an der ganzen Sache ist, dass ich so den Gesprächen von all den anderen Schülern zuhören kann. Neben mir sitzen welche aus der Oberstufe, welche sich gerade nur über das Thema Fahrschule unterhalten. Uninteressant. Vor allem weil ich mir über das Thema erst in einem halben Jahr Gedanken machen werde. Also lenke ich meine Aufmerksamkeit lieber auf die nächste Sitzgruppe, in der ein paar andere Jungs aus der Oberstufe sitzen, welche deutlich interessanter sind, denn es sind die Gangster an unserer Schule. Okay, das war jetzt etwas zu krass ausgedrückt. Aber diese Jungs kennt jeder, der in meiner Stadt wohnt. Denn es sind diese Art von Typen, die schon mit zwölf mit Kiffen anfangen und zudem auch schon echt viele Freundinnen hatten. Am schlimmsten von denen ist Kilian. Er hatte schon so viele Freundinnen gehabt. Und das schlimmste an der Sache ist, dass es auch noch viele mit ihm ernst meinten, so dass er bereits echt vielen Mädchen das Herz gebrochen hat. Ich finde an diesen Jungs allerdings bemerkenswert, dass sie immer noch auf der Schule sind. Ich meine, so oft wie die feiern gehen, bleibt doch gar keine Zeit zum Lernen. Und ich bezweifle, dass es für das Gymnasium ausreicht, nicht zu lernen. Außerdem gehen diese Jungs nicht nur ganz normal feiern, sondern haben schon oft Ärger mit der Polizei bekommen. Doch noch verwunderlicher finde ich es, dass sie gerade hier sitzen und nicht draußen sind. Ja, ich weiß, es regnet, aber trotzdem ist das doch kein Grund für solche Kettenraucher, wie die, drinnen zu bleiben. Also muss es irgendeinen Anlass dafür geben. Und ich sehe es als Möglichkeit, meine Langweile durch Belauschen zu bekämpfen. Ich habe keinen Plan, was mit mir falsch gelaufen ist, aber ich glaube, mir wäre ein Amokläufer gerade lieber, als dieser Schulalltag. Ich liebe nämlich Abenteuer und seitdem ich mit 7 Jahren einen Actionfilm geschaut habe (der eigentlich erst ab 12 war), weiß ich, was mein

Traumberuf ist. Ich will nämlich einmal Detektivin werden und zwar auch mit richtig krassen Abenteuern, so wie in Filmen. Meine Eltern können meinen Wunsch überhaupt nicht nachvollziehen. Sie verstehen es nicht, dass ich mich für meinen Beruf in Lebensgefahr bringen will. Ich weiß zwar, dass sie sich Sorgen machen, aber ich würde wirklich liebend gerne gefährliche Verbrecher finden. Und diese Verbrecher sollen ruhig so böse und gefährlich wie möglich sein. Die einzige Person, die mich bisher nicht versucht hat, von meinen Traum abzuhalten, ist mein Bruder. Er war es ja auch schließlich gewesen, der mir heimlich den Actionfilm gezeigt hat.

Und dann klingelt es auch schon zur nächsten Stunde und mein langweiliges Leben geht weiter. Kann nicht endlich einmal etwas Aufregendes passieren?".

Das waren die Gedanken von Pia gewesen. Ja, von einem Mädchen und nicht von einem Jungen. Pia war 16 Jahre alt, ging in die zehnte Klasse und interessierte sich für spannende Abenteuer. Sie sehnte sich nach einer Veränderung in ihrem Leben. Doch bis Pia endlich mit der Ausbildung für eine Geheimagentin begonnen hätte, würden noch Jahre vergehen. Außerdem müsste sie dafür erst noch ihre Eltern überreden. Aber vielleicht war diese erhoffte Veränderung doch nicht viele Jahre entfernt, sondern es würde bald geschehen. Und zwar genauer gesagt, an diesem Tag. Aber noch nicht gleich, nicht in diesem Moment. Es wird wohl noch ein paar Seiten dauern bis du erfährst, was sich in Pias Leben so plötzlich verändert hat. Bis dahin musst du wohl oder übel noch etwas mehr über die Vorgeschichte mitbekommen. Also folgen wir Pia zur nächsten Unterrichtsstunde, welche für diese Geschichte wichtig ist, denn hier treffen wir auf zwei weitere Personen, die eine entscheidende Rolle spielen werden.

Pia saß schon gelangweilt an ihrem Platz, als 5 Minuten des Englischunterrichts vorbei waren. Doch dann ging zum Glück die Tür auf und ihre Schulleiterin kam herein. Sie war erst Ende 30 und zudem groß, schlank und hübsch. Und Pia fragte sich wieder einmal, wie es nur möglich sein konnte, dass sie immer noch keinen Freund hatte. Diese geheimen Informationen über die Schulleiterin kannte natürlich nur sie allein und es war schwer gewesen, an solche Informationen zu gelangen. Aber Pia meinte es schließlich ernst mit ihrem Traumberuf und wäre als Detektivin wirklich gut aufgehoben.

Aber die Schulleiterin kam nicht alleine. Hinter ihr folgte der Grund für ihr Erscheinen: ein schüchternes Mädchen. Das konnte man sofort an ihrer Haltung erkennen. Doch wieso sollte ausgerechnet jetzt eine neue Schülerin kommen? Das Schuljahr hatte schon seit ein paar Monaten angefangen und sie erschien mitten in der Woche, mitten in der Unterrichtszeit. Doch hören wir einfach der Schulleiterin zu: „Bitte seid nett zu eurer neuen Mitschülerin. Ihr Schulwechsel kam sehr plötzlich, aber nicht ohne Grund. Ihr Name ist Alicia. Bisher hatte sie eher schlechte Erfahrungen mit ihren Mitschülern, denn sie wurde von ihnen gemobbt. Aber mit diesem Schulwechsel wird sich dies hoffentlich ändern."

Dieses Mädchen besaß also eine schlimme Vergangenheit und sie wollte sich einfach nur wieder wohl in ihrem Leben fühlen. Auch sie hoffte auf eine Veränderung. Alicia hatte nicht nur die Schule gewechselt, sondern auch die Stadt. Noch vor einer

Woche hätte sie mit dieser Entscheidung nicht gerechnet. Es kam alles sehr plötzlich. Schon immer war sie nicht beliebt und wurde gemobbt. Sie hörte viele böse Kommentare über ihre Kleidung, über ihr Aussehen und über alles mögliche. Doch Alicia hatte noch nie den Mut gehabt, etwas zu erwidern. Stattdessen nahm sie die Kommentare auch noch ernst und weinte Stunden, wenn sie nach der Schule nach Hause kam. Ja, manchmal sogar den ganzen Tag. Ihre Eltern waren natürlich sehr besorgt um sie. Und dachten auch schon an den nächsten Schulwechsel, doch dafür müssten sie in eine andere Umgebung ziehen, denn alle Schulen aus Alicia's Heimatstadt waren schon einmal von ihr besucht worden. Mittlerweile war sie in ihrer ganzen alten Heimatstadt bekannt gewesen und nur ein völliger Neustart würde etwas für sie bringen. Doch ihre Eltern zwang der Beruf in der Stadt zu bleiben. Jedenfalls bis vor zwei Tagen. Dann fanden beide endlich zwei Plätze in derselben Firma in dieser neuen Stadt. Das war auch höchste Zeit gewesen, denn vor drei Tagen hatte Alicia einen Nervenzusammenbruch. Auch wenn sie viel weinte, reichte es nicht aus, um ihre Wunden zu heilen. Und sie besaß viele tiefe Wunden. So fing sie mitten in der Pause nach einer Beleidigung, welche für sie eigentlich schon ganz normaler Alltag war, mit Weinen an. Aber es waren einfach zu viele Tränen. Sie konnte sich selber nicht mehr unter Kontrolle halten. Eigentlich war sie abgehärtet und konnte ihre Gefühle verdrängen. Doch an diesem Tag gelang es ihr überhaupt nicht. Sie hatte ihren Körper einfach nicht mehr unter Kontrolle. Und weil sie unter diesen Umständen keinen Unterricht weiter mitmachen konnte, blieb sie die nächsten Tage zu Hause. Bis sie die

Schule wechselte. Ihre Mutter machte sich viele Sorgen. Was wäre, wenn Alicia irgendwann sich selber umbringen würde? Doch davor brauchte ihre Mutter eigentlich keine Angst zu haben. Denn egal was passieren würde, sie würde niemals aufgeben. Alicia war besonders und auch wenn sie schüchtern war und viele über sie lästerten, wusste sie, dass sie selber nicht der Grund war, warum sie über sie schlecht redeten. Sondern sie selber waren der Grund. Nur sie störte Alicias Look (welcher sich eigentlich gar nicht so stark von den anderen unterschied, außer dass sie keine Markenklamotten besaß). Alicia konnte ja selber nichts für ihren Geschmack. Zu dieser Erkenntnis war dieses schüchterne Mädchen wirklich selber gelangt. Doch diese Sachen den gemeinen Leuten ins Gesicht zu sagen, den Mut besaß sie dann auch wieder nicht. Aber diese Gedanken machten Alicia stark. Es hatte zwar viele Jahre gedauert, bis sie begriffen hatte, dass es nicht ihre Schuld war. Sie war mit ihren Eigenschaften so geboren, wie sie nun einmal war. Und niemand sollte daran etwas ändern. Sie hatte nur Pech gehabt, dass sie unter solche Leute geraten war. Um zu dieser Meinung zu kommen, brauchte Alicia auch keinen Psychologen oder die Hilfe von ihrer Familie. Nein! Sie ganz alleine hatte begriffen, worum es im Leben ging. Denn Alicia besaß viel Fantasie. So stellte sie sich seit vier Jahren vor, dass in ihrem Kopf ihre beste Freundin leben würde. Immer wenn irgendjemand sie beleidigte, sagte diese zu Alicia: „Jemanden beleidigen kann jeder. Aber sich selber beleidigen lassen und es nicht ernst nehmen, das kann nicht jeder." Dadurch musste Alicia immer schmunzeln. Und diese Freundin half ihr ungemein. Deswegen stand auf ihrem Zeigefinger mit Edding geschrieben: „Es gibt da eine Person, die dich ganz extrem mag." Es war gerade groß genug, um es zu lesen. Doch nur, wenn man genau hinschaute. Und das war bei Alicia immer der Fall, wenn sie ihren Stift in die Hand nahm. Eigentlich wollte sie noch schreiben, wer diese Person war, doch dafür reichte dann doch nicht der Zeigefinger aus. Aber sie wusste ja, wer damit gemeint war und zwar war sie es selber.

Alicia setzte sich hinten alleine auf eine Bank. Doch das gefiel der Schulleiterin nicht: „Ich will nicht, dass Alicia schon am Anfang alleine sitzen muss. Würde irgendjemand von euch lieber alleine sitzen wollen?" Und so kam es dazu, dass sich die Nachbarin von Pia wegsetzte. Sodass sich Alicia neben Pia setzen konnte. Pia hielt nicht so viel von der Neuen. Sie wirkte so schüchtern, was auf Pia eher negativ wirkte. Denn wer schüchtern ist, wird wohl auch nicht so auf Action stehen. Das war jedenfalls Pias Schlussfolgerung.

Du hast dich sicherlich auch schon gefragt, ob Pia Freundinnen hatte. Und ja, sie hatte welche. Doch diese waren keine besten Freundinnen, sondern einfach nur Klassenkameraden, mit denen sich Pia auch manchmal in der Pause unterhielt. Aber das war ihr oft auch schon wieder zu langweilig. Und niemand wollte ihre Geschichten über ihren Traumberuf so wirklich hören. Also war sie auch öfters in der Hofpause alleine unterwegs, so wie heute.

Es dauerte jedoch nicht lange, bis Pia die Aufschrift auf Alicias Finger bemerkte. So etwas entging ihr nicht. Also nahm sie, mitten als ihre Englischlehrerin etwas erklärte, ihren Finger und las sich durch, was dort stand. Sie verstand allerdings nicht, welche Person damit gemeint war? Wer hat das dort draufgeschrieben? Also fragte Pia sie: „War das dein Freund gewesen?".

Alicia antwortete nicht. Sie blickte Pia einfach nur traurig an. Es schien so, als könnte sie jeden Moment mit Weinen anfangen. Wegen dieser Reaktion schlussfolgerte Pia, dass es wohl nicht ihr Freund war. Sie hätte es nämlich auch gewundert, wenn sie einen Freund gehabt hätte. Alicia sah irgendwie nicht danach aus. Doch wer war diese Person? Alicia selber traute sich nicht, ihr die Wahrheit zu sagen. Was, wenn sie gleich am Anfang etwas falsch machen würde? Und so schwieg sie den Rest der Stunde, bis Pause war. Endlich. Jedenfalls freute sich Pia darauf. Alicia mochte noch nie die Pausen. Im Unterricht wurde sie wenigstens abgelenkt. Doch in den Pausen war sie immer alleine. So auch in dieser. Jedenfalls am Anfang. Dann kam plötzlich Pia um die Ecke und ging zu Alicia, welche sich nicht auf dem Hof befand, wo sich ihre neue Klasse aufhielt. Hören wir dem Gespräch der beiden zu, welches mit Pia begann:

„Hey, Alicia. Ich habe dich gesucht. Und bitte erzähle mir mehr über dich."

Pia konnte sich zwar keine Freundschaft mit ihr vorstellen, aber sie interessierte sich trotzdem für Alicia. Sie wollte mehr über sie erfahren und außerdem tat sie ihr doch etwas leid. Also lächelte sie sie aufmunternd an. Alicia stand trotzdem hilflos da und wollte lieber erst einmal nichts sagen. Ihre Mutter hatte ihr zwar versucht einzureden, wie wichtig es war, gleich am ersten Tag neue Freunde zu finden, aber Alicia fiel es dann doch schwerer als gedacht. Die letzten Jahre hatten sie doch sehr stark mitgenommen und so traute sie sich einfach nicht, von ihrer Vergangenheit zu reden. Doch

Pia war nicht dumm und erkannte schnell, dass sie erst ihr Vertrauen gewinnen musste. Also schlug sie Alicia vor, eine kleine Besichtigung auf dem Schulhof zu unternehmen. Sie zeigte die Turnhalle (natürlich nur von außen) und die verschiedenen Höfe, auf welchen Schüler unterschiedlicher Jahrgänge standen. Doch eigentlich können wir an dieser Stelle etwas vorspulen, denn in den restlichen Unterrichtsstunden passierte nichts Besonderes. Also kommen wir zu dem Punkt, als Alicia gerade zu Hause ankam und ihre Schulsachen auspackte. Jetzt bemerkte sie nämlich, dass dort nicht nur Schulsachen waren, sondern auch ein Zettel. Was stand nur dort drauf? Alicia ahnte nichts Gutes. Sollte ihr Leben wirklich so gemein sein und schon am ersten Tag Feinde mit sich bringen? Doch bevor sie genauere Vermutungen aufstellen konnte, öffnete sie einfach den Brief und las ihn: „Liebe Alicia! Komm bitte heute 17 Uhr zur Turnhalle. Ja, ich weiß, dass dir die letzten Jahre gelehrt haben, dass du nicht jedem vertrauen solltest. Aber mir musst du einfach vertrauen, denn ich will dir ein Geheimnis verraten. Und zwar ein sehr wichtiges. Wenn du mir vertraust und um 17 Uhr zur Turnhalle kommst, dann kann ich auch dir vertrauen und dir mein Geheimnis verraten. Und eins noch: Niemand darf von diesem Zettel erfahren."
Alicia war sich sehr unsicher. Was, wenn es eine Falle war? Irgendwelche gemeinen Leute, die ihre Gutgläubigkeit ausnutzen würden? Wenn sie doch wenigstens ihrer Mutter davon erzählen könnte! Aber stattdessen erzählte sie ihr, dass sie um 17 Uhr nochmals in die Schule für ein Treffen mit den Lehrern müsste. Als sie zur Turnhalle lief, fühlte sie sich sehr unwohl. Pia dagegen hatte überhaupt keine Zweifel an

diesen Zettel. Ja, auch sie hatte einen bekommen, sodass Pia vor der Turnhalle auf ihre zukünftige Freundin stieß. Als Alicia sie sah, dachte sie schon, dass Pia wahrscheinlich doch nicht nett war und irgendetwas mit ihr vorhatte. Doch da täuschte sie sich sehr. Aber das merkte sie schon, als Pia sie fragte: „Du hast auch diesen Zettel bekommen?". Sie zeigte ihr ihren. Der genau derselbe war, nur dass die Anrede anders war. Und dann erschien zum Glück auch schon die Person, die für ihr Erscheinen verantwortlich war. Es war die Schulleiterin. Frau Roth. Sie schloss die Turnhalle auf und ließ die beiden hineingehen. Um zu verstehen, was hier vor sich ging, lauschen wir einfach der Schulleiterin. Denn wir sind gerade genauso ahnungslos, wie es Pia und Alicia in diesem Augenblick waren:

„Ja, ich weiß, dass das was jetzt kommen wird, euch den Atem rauben wird. Und ihr werdet es mir nur schwer abnehme, aber ich beginne einfach mal. Es gibt da nämlich eine weit entfernte Welt, in der alle unsere Geschichten und Fantasien gespeichert liegen. Diese Welt trägt den Namen 'Die Dimension der Fantasien'. Diese Welt wächst mit jeder neuen Geschichte. Jedoch zählen nur Geschichten mit einem guten Ende. Ihr müsst es euch also wie ein Märchenland vorstellen. Alle Figuren in den Geschichten erleben dort die Handlungen der Geschichte in Dauerschleifen; wenn eine Geschichte also endet, dann beginnt sie wieder von vorne. Mit jedem Durchlauf einer Geschichte wird sichergestellt, dass unsere Fantasie erhalten bleibt. Wenn jedoch die Geschichten plötzlich zerstört werden und nicht mehr zu einem guten Ende führen, wird unsere Fantasie langsam immer schwächer. Eigentlich ist es gar nicht möglich in die Dimension der Fantasien einzudringen, denn es existiert keine Verbindung in unsere Welt, aber irgendwie muss es dennoch möglich sein, denn seit Beginn der Woche merke ich, wie langsam die Fantasie schwindet. Mir ist es erst neulich aufgefallen, als ich in meiner fünften Klasse das Thema Kurzgeschichten anfing. Am Anfang hatten die Schüler viele Ideen, was sie für eine Geschichte schreiben könnten. Doch eine Woche später waren sie plötzlich nicht mehr so einfallsreich. Irgendetwas oder irgendjemand muss in diese Dimensionen eingedrungen sein und die Geschichten durcheinander gebracht haben. Ich will versuchen rauszubekommen, was passiert ist. Und zwar mit euer Hilfe. Ich weiß selber wie durchgeknallt das alles klingt, aber ihr könnt mir vertrauen. Also die erste Frage an euch: Glaubt ihr mir?"

Jeder normale Mensch hätte Frau Roth für durchgeknallt erklärt und hätte es als völlige Zeitverschwendung angesehen hier in der Turnhalle zu sitzen. Aber wir haben ja vor uns keine normalen Menschen. Es hatte einen Grund, wieso ausgerechnet diese beiden Mädchen ausgewählt wurden.

Pia war die erste, die antwortete: „Also, ich würde ihnen glauben. Aber können sie das irgendwie beweisen, was sie da reden?"

„Kann ich nicht."

„Aber woher wissen sie dann überhaupt von dem ganzen Zeug, von dem sie uns gerade erzählt haben?"

„Durch meine eigene Fantasie kam ich auf diese Theorie. Ich selber habe keine Beweise dafür. Aber das braucht es auch nicht, denn der Glaube daran reicht alleine aus. So wie es in den ganzen Religionen auch keine Beweise für Gott gibt."

Ja, Frau Roth wusste selber wie bescheuert es klang. Die beiden Mädchen waren auch die einzigen, die bisher davon gehört hatten. Ihr war bewusst, dass sie mit dieser Geschichte sofort in ein Heim eingeliefert werden würde. Also hatte sie geschwiegen… Aber trotzdem wurde sie in diesem Augenblick von Pia fassungslos angestarrt: „Das heißt, sie haben sich das einfach nur ausgedacht?! Irgendwo gibt es eine Dimension, in der unsere Fantasie existiert und gespeichert ist. Wie ist es nur möglich, dass sie so was glauben, wenn sie überhaupt keine Beweise dafür haben?"

Nachdem sie ihre Frage gestellt hatte, wurde Pia erst bewusst, dass sie gerade ihre Schulleiterin für dumm erklärt hatte. Aber diese verstand Pia nur zu gut. Die einzige, die Frau Roth ohne Zweifel vertraute, war Alicia. Sie war es auch gewesen, die nun auf Pias Frage antwortete. Mit einem Wort: „Fantasie."

„Ja, da hat sie Recht. Ganz alleine Fantasie macht es möglich."

Doch Pia hakte weiter nach: „Aber wie wollen sie denn überhaupt verhindern, dass unsere Fantasie weiter verschwindet? Falls so etwas möglich sein könnte."

Eine Antwort darauf besaß Frau Roth selber nicht, aber dafür wenigstens einen Vorschlag. Es war eine Möglichkeit, welche doch nur gering war, aber einen Versuch war es dennoch wert. Frau Roth bedeutete dies sehr viel. Sie wollte nicht nur rausbekommen, wer plötzlich die Geschichten zerstörte, sondern auch etwas dagegen unternehmen. Denn Fantasie ist das, was den Menschen ausmacht.

„Was ich euch gerade gesagt habe, war vielleicht doch

nicht ganz wahr, denn es gibt nämlich doch eine Möglichkeit, wie man in diese Dimensionen gelangt, aber sie ist jedoch sehr unwahrscheinlich. Es existiert da so ein Schlüssel. Auf der gesamten Welt gibt es nur eine einzige Person, die diesen Schlüssel benutzen kann. Und diese Person ist nur in der Lage, ihn zu benutzen, weil sie niemals versuchen würde, die Geschichten zu zerstören. Ihr müsst nur laut sagen: ‚Ich weiß, dass es dich Schlüssel gibt!' Und wenn ihr auch fest daran glaubt, was ihr sagt, dann ist es möglich, diesen Schlüssel zu finden, falls ihr die richtige Person seid."

An dieser Stelle stoppen wir, um genauer zu erklären, was diese ganze Sache mit dem Schlüssel auf sich hat. Denn selbst Frau Roth wusste nicht mehr, als sie gerade versucht hatte, zu erklären. Ihre Fantasie war bemerkenswert und so wusste sie von dieser kleinen Möglichkeit, wie man in die Dimension der Fantasien gelangen konnte. Aber dennoch unterschied sich ihre Theorie erheblich von der Wirklichkeit, wenn auch das Grundprinzip von ihr richtig erfasst wurde. Also versuche nun zu verstehen, worum es geht. Dieser „Schlüssel" ist eigentlich ein kleines Wesen. Ein Wesen, welches nur wartet, endlich sein Schloss zu finden. Erinnerst du dich noch an den Anfang? Als es um eine Dimension ging, in welcher unser Charakter abgespeichert ist? Genau um diese Form unseres Charakters geht es. Oder viel mehr, um die Charaktere unserer beiden Mädchen. Denn du musst dir die Höhle unseres Ich's wie ein Schloss vorstellen, in den nur ein ganz bestimmter Schlüssel reinpasst. Und dieses Wesen hat eine ganze bestimmte Form, welche nur in den Charakter von einer Person passt. Bei einem andern Charakter würde das Wesen ja durch unpassende

Charaktereigenschaften in dieser „Höhle" zerquetscht werden. Die Wahrscheinlichkeit war jedoch ganz gering, dass eine von den beiden diese Person mit diesem Charakter war. Aber Frau Roth hatte bei ihrer Wahl der Mädchen auf ihr Herz gehört und so kam es, dass etwas Unerwartetes bei Alicia passierte, nachdem sie aus fester Überzeugung sagte, dass sie an den Schlüssel glauben würde. Am besten wir folgen ihren Gedanken:

„Wie schön wäre es, in die Dimension der Fantasien zu reisen. Meine neue Schulleiterin ist echt der Hammer. Sie ist mir so sympathisch mit ihren Theorien, die für alle so geisteskrank klingen würden. *Ich habe gerade mitbekommen, dass du in die Dimension der Fantasien reisen willst. Wenn du willst können wir das sofort machen.* Oh mein Gott! Was geht hier gerade ab?! Wieso habe ich plötzlich eine fremde Stimme in meinem Gehirn? *Ich war auf einmal in einem Art Gefäß, in welches ich genau rein passte, und konnte deine Gedanken hören.* Aber was bist du genau für ein Geschöpf?! Und wie ist das möglich? *Frage bitte nicht wie und warum. Ich weiß es auch nicht genau. Aber ich bin jetzt auf jeden Fall immer bei dir. Keine Sorge, wenn ich dir auf den Keks gehe, und das werde ich mit Sicherheit, dann bin ich einfach still. Ist ja sonst unfair. Du kannst dich ja nicht einfach wegdrehen und mir nicht mehr zuhören. Ab jetzt bin ich immer bei dir in deinem Kopf.* Ich glaube, es würde aber lange dauern, bis du mich überhaupt nervst, denn ich finde dich nicht schlimm und mag dich jetzt schon echt gern. *Oh, ich merke schon. Es hat einen Grund, dass meine Form genau in deinen Charakter passt. Wir beide sind für einander gemacht. Wir sind sogar füreinander bestimmt. Aber erst einmal, wie heißt du eigentlich?*

„Alicia, wieso starrst du uns die ganze Zeit so an? Ist irgendetwas passiert?".

Echt schöner Name. Aber wer ist die Frau? Meine Schulleiterin, der ich jetzt antworten werde:

„Ich glaube ich bin diejenige, die in die Dimension der Fantasien reisen kann. Denn ich habe auf einmal so eine Stimme in meinen Gedanken. Es klingt verrückt. Aber ist es eigentlich möglich, dass ich mit deiner Stimme spreche?" *Das können wir ja einmal ausprobieren.*

„Oh, cool. Ich glaube, das klappt."

Wieso werden wir jetzt so angestarrt von deiner Schulleiterin und dem Mädchen daneben? Also die Frau sieht wenigstens so überrascht aus, dass sie jetzt so stolz lächelt, aber dieses Mädchen... Das ist Pia. Und diese Pia starrt uns so an, als könnte sie plötzlich Geister sehen! Stell dir vor, sie kann wirklich auf einmal Geister sehen, nur wir nicht. Darf ich sie einmal danach fragen? Nein, du brauchst nicht zu fragen, denn Pia kann sicherlich nicht plötzlich Geister sehen. Aber dafür konnte sie dich plötzlich hören. Und eine fremde ungewöhnliche Stimme, die aus meinem Mund kommt, zu hören, ist fast so, wie plötzlich Geister zu sehen. *Gut, dass ich in so einem schlauen Mädchen wie dir stecke. Darauf wäre ich echt nicht gekommen! Aber wieso weint denn jetzt deine Schulleiterin?*

„Alles gut bei ihnen?", frage ich sie.

„Natürlich geht es mir gut. Heute ist doch der beste Tag in meinem Leben! Seit ich acht bin, glaube ich daran, dass es solch eine Dimension der Fantasien gibt. Ich habe einfach dran geglaubt und wusste einfach, dass es stimmen musste. Aber heute habe ich endlich meine Beweise. Ich bin einfach so stolz auf mich. Ich hatte Recht! Ich hatte wirklich Recht mit der Existenz dieser

Dimension!" Frau Roth ist vor Freude außer sich."
Soweit Alicias Gedanken.

Doch was war mit Pia? Sie blickte immer noch fassungslos und konnte es immer noch nicht so ganz glauben. Auch wenn sie Fantasie besaß und sie es Frau Roth auch gerne geglaubt hätte, waren für sie Beweise überzeugender. Und so war sie jetzt schon ziemlich erstaunt, denn so viel Fantasie wie ihre Schulleiterin und Alicia hatte sie dann doch wieder nicht. Aber dafür besaß sie wie Alicia eine wichtige Eigenschaft, die für diese Mission erforderlich war und zwar: das Vertrauen. Pia hatte auch diesem Brief getraut und war hierhergekommen und sie würde niemanden davon erzählen. Doch sie besaß noch eine wichtige Eigenschaft…

Dann hatte Pia auch schon ihre Fassungslosigkeit überwunden und stellte fest: „Das erklärt dann auch, warum sie als junge hübsche Frau immer noch keinen Mann haben."

Frau Roth blickte etwas erstaunt, aber dann auch wieder lächelnd: „Woher auch immer du das weißt, du hast vollkommen Recht. Ich hatte bisher noch nie in irgendeiner Weise einen Freund. Er hätte mich doch eh irgendwann verlassen, wenn er von meinem Glauben erfahren hätte. Aber ich stelle gerade fest, dass wir ein echt gutes Team sein werden. Alicia kann ab sofort selber in die Dimension der Fantasien reisen und uns mitteilen, was dort passiert. Und Pia und ich, wir werden uns genauer mit diesem Thema befassen. Gut, dass wir unter uns eine kleine Detektivin haben." Sie lächelte zu Pia rüber. „Doch ich finde, das probieren wir morgen aus. Alicia, du reist morgen so zeitig wie du kannst dorthin und danach erzählst du uns wieder zur gleichen Uhrzeit, am gleichen Ort wie heute, was du erlebt hast."

Und genau das war der Plan. Blicken wir nochmal in Alicias Gedanken, als sie gerade im Bett lag:

„Du hast vorhin gar nicht so viel mit mir gesprochen. *Ich wollte dich nicht ablenken. Du warst doch so beschäftigt, deiner Mutter irgendwelche Lügen zu erzählen, weil sie nicht von unserem Geheimnis erfahren darf. Und ich wollte dich einfach nicht schon gleich am Anfang nerven.* So viel Angst brauchst du gar nicht zu haben. Sei einfach du selber. Und dafür haben wir ja jetzt genug Zeit, uns kennen zu lernen. Wie heißt du denn überhaupt? *Ich besitze keinen Namen. Wer sollte mir denn auch einen gegeben haben? Ich hatte ja keine Eltern...* Aber was war, eigentlich bevor du in meinen Kopf gelangt bist? *Da beobachtete ich euch Menschen, so dass ich jetzt so ungefähr weiß, was ihr so für Geschöpfe seid.* Aber ich kann mir gar nicht vorstellen, wie einsam du dich gefühlt haben musst. Niemand konnte mit dir reden. *Ach Alicia, ich bin kein Mensch, der auf Gesellschaft angewiesen ist. Mich hat es überhaupt nicht gestört, denn ich war es ja von Anfang an gewöhnt. Aber jetzt merke ich gerade, wie schön es doch ist, sich mit jemandem unterhalten zu können!* Also bist du einfach irgendwann plötzlich aufgetaucht und hast einfach existiert? *Ja. Und ich glaube, der Tag an dem dies passiert ist, müsste an deinem Geburtstag gewesen sein.* Und wo wurdest du „geboren"? *Ich war am anderen Ende der Welt. Da gab es komische freilebende Tiere und auch Menschen, aber die haben irgendeine andere Sprache gesprochen.* Dir war Deutsch „angeboren"! *Ja, und als ich dann irgendwann auf Touristen traf, die ich verstehen konnte,* bin ich ihnen gefolgt. *Ich saß auf einmal in so einem Ding, was plötzlich abgehoben ist und dann wie ein Vogel in der Luft war.* Ein Flugzeug. *Ja, so heißt das Teil. Ich bin ja nicht dumm. Solche Wörter mit Bedeutung sind in meinem Wortschatz vorhanden.* Und was war neben deinem Wortschatz noch so alles angeboren? Also wusstest du davon, dass es mich gibt? Eine Person für die du bestimmt bist. *Das war mir nicht bewusst. Ich wusste einfach nur, dass ich kein Lebewesen bin, welches in den drei Dimensionen Zeit, Raum und Gravitation existiert, sondern in einer anderen Dimension. Der Dimension des Charakters. Man kann mich wahrscheinlich wirklich mit einem Geist vergleichen. Ich kann euch hören und sehen und Hindernisse des Raumes kann ich leicht überwinden, sodass ich durch jeden Gegenstand durchlaufen, beziehungsweise durchschweben kann. Ich bin nicht an die Gravitation gebunden, sodass mir das Fliegen keine Probleme bereitet. Aber ich selber wusste nie, wie ich aussehe, denn ich konnte ja nicht einfach in einen Spiegel blicken und meine Gestalt wahrnehmen. Das einzige, was ich von meinem Aussehen weiß ist, dass ich ein kleines rundes Ding mit einer komischen Form bin. Ich sehe aus wie so eine gezackte Sonne, wie sie kleine Kinder immer malen. Seit wann auch immer Sonnen Zacken haben! Eine schlechte Wahrnehmung haben diese Kinder. Aber noch schlimmer ist, dass die Erwachsenen den Kindern nicht mal zeigen, wie man Sonnen wirklich malt! Na, wie auch immer. Auf jeden Fall sind bei mir diese Zacken unterschiedlich lang und auch nicht spitz, sondern rund. Doch dann eines Tages stellte ich etwas Fantastisches fest. Durch Zufall flog ich durch den Kopf von einem Menschen. Dabei stellte ich fest, dass in diesem Kopf so ein Gefäß war, mit einer ganz merkwürdigen Form. Wenn ich sonst durch den unteren Teil eines Menschen durchgeflogen bin, war ich sofort immer hinter dem Menschen. Also, ich sah gar nicht, was in diesem Körper drin war. Das Blut, die Knochen, die Muskeln. Von dem wusste ich nur, dass es existiert. Doch ganz anders ist es bei dem Kopf. Dort kannst du auf den Grund stoßen, wieso die Dimension des Charakters so heißt. Leider ist mir dies erst im Nachhinein bewusst geworden und ich stieß mit diesem Gefäß an. Das erste Mal fühlte ich einen Widerstand und mir wurde klar, dass dieses Gefäß nur für mich sichtbar war. Schnell stellte ich fest, dass jeder Mensch so ein Gefäß hatte und jedes hatte eine andere Form. Ich war ungefähr genau so groß wie das Gefäß. Doch ich passte trotzdem in keines dieser Gefäße rein. Immer stieß ich irgendwann mit einer meiner „Zacken" an. Bei manchen Personen waren ihre Charaktereigenschaften so ungünstig, dass ich überhaupt nicht mit meiner Körperform hinein gepasst hätte.* Und bei mir passt du perfekt hinein! *Ja, aber ich war plötzlich in dir drin. Es war wie ein Sog, der mich plötzlich zu dir gezogen hat. Und somit eine Verbindung meiner Dimension zu dir darstellt.* Für diesen Sog war ich verantwortlich. Ich brauchte einfach nur sagen, dass es dich gibt und fest daran glauben und schon warst du plötzlich bei mir. *Du wusstest von meiner Existenz?* Nicht so direkt und auch nicht so ausführlich, wie du es mir gerade beschrieben hast, aber anscheinend war ja mein Wissen ausreichend. *Ich bin so froh, bei dir zu sein. Aber wir haben ja noch genug Zeit, um noch mehr über uns zu erfahren. Aber ich denke, für heute hast du genug Erstaunliches erfahren, was du erst einmal verarbeiten musst.* Aber was passiert eigentlich, wenn ich gleich einschlafe. Schläfst du dann auch? *Ich denke nicht. Ich habe bisher noch nie geschlafen, also wieso sollte ich jetzt auf einmal Schlaf brauchen? Aber wir können ja schauen, was diese Nacht passiert, dann erzähle ich dir morgen früh auf jeden Fall davon. Aber jetzt erst einmal Gute Nacht, Alicia!* Du hast Recht. Ich merke wirklich gerade, wie sehr ich mich nach Schlaf sehne. Also gute Nacht, Chakro. So nenne ich dich jetzt einfach. Bist du eigentlich eher weiblich oder männlich? *Was denkst du denn, wenn du meine Stimme hörst.* Naja, diese klingt eigentlich männlich. Aber besitzt du überhaupt ein Geschlecht? *Du hast Recht, man könnte wirklich annehmen, dass ich einfach unspezifisch bin und kein Geschlecht besitze. Aber ich glaube, ich bin männlich, wenn ich mich entscheiden müsste. Diese Tatsache ist bei mir so vorprogrammiert, wie mein Wortschatz, wie ich gerade bemerke. Aber jetzt Gute Nacht!"*

Und mit diesen Gedanken schlief Alicia auch schon bald ein und öffnete fröhlich ihre Augen, als sie am nächsten Morgen von ihrem Wecker geweckt wurde. Am Anfang war sie zwar noch etwas müde und wollte weiter schlafen, doch als sie dann hellwach war, freute sie sich auf diesen Tag. Sie würde in die Dimension der Fantasien reisen und allgemein war sie sehr gespannt darauf, was sie noch so alles von Chakro erfahren würde. Also strahlte sie vor Freude. Sie konnte sich gar nicht daran erinnern, wann sie wohl das letzte Mal so gelächelt hatte. Sonst war jeder Morgen für sie eine Qual gewesen und sie wollte nicht aus ihrem Bett, aus ihren Träumen, welche so viel besser als die Wirklichkeit gewesen waren. Sie hatte viel Kraft und Optimismus gebraucht, um jeden Tag mit einem gestellten Lächeln in die Schule zu gehen. Dabei hatte ihr ihre Freundin geholfen, die in ihrem Kopf gewesen war und auf sie eingeredet hatte. Doch diese Freundin existierte nun nicht mehr, stattdessen war in Alicias Kopf eine andere Stimme, die sich viel echter anhörte. Doch ihre Stimmungsänderung bereitete ihr schon bereits beim Frühstück Probleme, als sie mit ihrer Mutter zusammen saß. Diese fragte sie nämlich, woher ihre plötzliche Freude kam. Darauf antwortete Alicia: „Die neue Schule ist einfach tausend Mal besser, als die ganzen anderen zuvor. Oder besser gesagt, die Leute an dieser Schule." Ihre Mutter musste sich aufgrund dieser Antwort das Weinen verkneifen. Denn sie war sehr überrascht, da sie mit dieser plötzlichen positiven Wendung einfach nicht gerechnet hatte. Wobei Alicia schon etwas gelogen hatte, denn wer weiß, was das so für Leute auf ihrer Schule waren? Vielleicht waren ja doch Gemeine dabei? Um diese Frage zu beantworten, bleibt dir nichts anderes übrig, als einfach weiter zu lesen. Also kommen wir zur nächsten Unterhaltung zwischen Chakro und Alicia. Als Alicia gerade von ihrer Mutter zur Schule gefahren wurde und es endlich wieder zu einem Gespräch zwischen den beiden kam. Davor war nämlich keine Zeit durch den Stress am Morgen gewesen (So musste Alicia ihrer Mutter erklären, dass sie heute um genau dieselbe Uhrzeit zum selben Zeitpunkt abgeholt werden müsse, wie gestern, weil wieder irgendein Treffen stattfinden würde.) und Chakro wollte immer noch am Anfang höflich sein und noch nicht so viel reden und dadurch Alicia ablenken.

„Jetzt leg los, Chakro! Was ist in der Nacht passiert! *Ich habe genauso wie du deine Träume miterlebt. Ich war wie du ein Teil von deinem Traum und habe aus deiner*

Sicht gesehen, was so alles dein Unterbewusstsein zusammen gebaut hat. Sehr interessant, wie ich zugeben muss. Allerdings war es davor sehr langweilig, denn bevor du in deiner Traumphase warst, hast du tief und fest geschlafen und gar nichts geträumt. Da musste ich mich einfach langweilen. Aber keine Sorge, dafür waren die Träume echt interessant. Ich selber konnte zwar nicht irgendeinen Einfluss auf das Geschehen nehmen. Doch wie im Kino war es unterhaltsam. Nur das Popcorn hat gefehlt! Und was habe ich so geträumt? *Es waren alles schöne Träume, keine Albträume. Du hast gelacht. Ich selber kam auch vor. Du hast dir vorgestellt, wie ich aussehe und dein Unterbewusstsein hat versucht, viele von den neuen Informationen zu verarbeiten. Du hast alles, was ich erklärt habe, eigentlich recht gut verstanden. Kannst du dich noch an was erinnern?* Nein, eigentlich nicht. Aber ist ja auch nicht so wichtig. Dafür habe ich ja jetzt dich an meiner Seite. Du kannst mir ab sofort ja mitteilen, was ich so geträumt habe. Aber ich glaube ich müsste dann noch mehr von mir erzählen, nachdem du gestern so viel von dir erzählt hast. *Oh ja, auch wenn ich deine Charaktereigenschaften genau kenne, erzählen sie mir nicht deine Vergangenheit, auch wenn diese deinen Charakter sehr prägen können.* Ich hoffe, dass meine Vergangenheit meinen Charakter nicht allzu sehr verformt hat und ich genauso geblieben bin, wie ich bin. Denn ich wurde früher von vielen Menschen gemobbt. Sie haben mich fertig gemacht und ich hasste mein Leben. Aber irgendwann habe ich dann gedacht: Alicia, das geht so nicht weiter! Du musst etwas in deinem Leben ändern. Und daraufhin versuchte ich, mein Leben zu lieben. Mich mit meinem Charakter! Und ich selber kann nichts dafür, dass die Menschen mich nicht mögen, denn ich bin nun einmal so geboren und daran können sie nicht so einfach was ändern. Diese Gedanken haben mich zwar selbstbewusster gemacht, aber allerdings nur von innen, nach außen habe ich immer noch zurückhaltend gewirkt und war daher immer noch beliebt für böse Kommentare. Doch durch meine Erkenntnis habe ich es geschafft, mein Leben wenigstens etwas zu erleichtern. *Das alles, was du mir gesagt hast, passt perfekt zu diesem Gefäß, in welchem ich mich gerade befinde. Du bist nämlich ein Mensch mit wenig Selbstbewusstsein, aber dafür mit einem sehr starken Willen und vor allem willst du dir selber treu bleiben. Und diese besonderen Eigenschaften in Kombination zeichnen dich aus.* Und sie machen es möglich, dass ich heute in die Dimension der Fantasien reisen kann! Endlich habe ich den Sinn meines Lebens erkannt. Es gibt einen Grund dafür, dass ich auf dieser Welt bin und ich bin überhaupt nicht nutzlos! *Haben das deine Mitschüler gesagt?* Ja, aber das ist jetzt Vergangenheit! *Dort ist ja auch schon deine Schule! Ging echt schnell die Fahrt!* Das ist erst mein zweiter Tag an dieser Schule. *Gut, dann können wir zusammen alles kennenlernen!"*

2. Kapitel: Die erste Veränderung

Somit begann für die beiden ihr erster gemeinsamer Schulalltag. Du bist sicherlich schon gespannt auf die Dimension der Fantasien. Also fasse ich für dich jetzt das Wichtige zusammen, was davor in der Schule passierte.

25

Alicia merkte schnell, was für weitere Vorteile ihr neuer Freund mit sich brachte. In Deutsch musste sie nämlich einen Aufsatz schreiben und da war der angeborene Wortschatz von Chakro nicht so unnützlich. Ihm fiel oft ein besseres Wort ein, welches Alicias Ausdruck um einiges verbesserte. Aber in den anderen Fächern gab es dafür nicht solche erheblichen Vorteile. Doch Pia war sehr erstaunt über die ganzen Dinge, die Alicia ihr erzählte. In der einen Pause stellten sie sich sogar so weit abseits, so dass Chakro durch Alicias Mund ihr selber alles erklären konnte, ohne, dass jemand zuhören konnte. So wusste Pia nun alles über die Dimension des Charakters, dass die Sprache Deutsch bei Chakro angeboren war und dass er schon genau so lange lebte wie Alicia. Aber es ging nicht nur um das Thema. Pia erzählte ihr von ihrem Traumberuf und Alicia von ihrer Vergangenheit. Jetzt war ihr klar, welche Person auf ihrem Zeigefinger gemeint war. Sie selber. Aber Pia war der Ansicht, dass sie die Bedeutung ändern sollte und mit der Person, die Alicia sehr mag, nun Pia gemeint war. Ab sofort waren sie nämlich beste Freundinnen. Sie passten vielleicht nicht hundertprozentig zusammen. Aber sie würden nun so oder so viel Zeit miteinander verbringen, denn sie beiden teilten dasselbe Geheimnis.

Als die letzte Stunde vorbei war, lief Alicia sofort zur Turnhalle, dahinter würde es niemanden auffallen, wenn sie plötzlich verschwinden würde.

„*Du bist aufgeregt, oder?* Na, klar bin ich das. *Ich ehrlich gesagt auch.* Kannst du mir genauer erklären… *Ja, damit wollte ich gerade beginnen. Stell dir vor, die Dimension der Fantasien wäre in einem Raum. Dieser Raum besitzt natürlich auch eine Tür. Doch diese kann man nicht so einfach öffnen, denn sie ist abgeschlossen.*

Und dieses Schloss ist unser Gefäß aus der Dimension des Charakters. Das heißt, jeder Mensch hat Zugriff auf diese Tür. Doch ohne Schlüssel bringt es nicht viel. Du jedoch besitzt den Schlüssel für dein Schloss, der es dir jederzeit ermöglicht, in die Dimension der Fantasien einzudringen. Du brauchst nur den Schlüssel drehen und die Tür öffnen. Dieser Vorgang gelingt dir durch deinen Willen. Wenn du aus voller Überzeugung dorthin willst, dann öffnest du die Tür. Du hast nicht nur den Wunsch, sondern weißt auch, dass es möglich ist, dorthin ihn zu gelangen. Oh mein Gott, wie schnell geht denn das?! *Oh, du hast ja schon während ich geredet habe, daran gedacht. Und jetzt sind wir auch schon in der Dimension der Fantasien angelangt.* Und zwar in einem Wald. In einem leeren Wald. Ich sehe niemanden. Was machen wir jetzt eigentlich genau? *Wir müssen die Geschichte finden, welche nicht mehr zu einem guten Ende führt.* Ja, aber woher wissen wir, welche Geschichte es ist? Wir können uns doch nicht einfach jede Geschichte, die irgendwie existiert, ansehen. Da brauchen wir ja Jahre. *Dafür würde die Länge unseres Lebens nicht einmal ausreichen. Aber keine Sorge, ich kenne ein paar Sachen, die uns helfen werden, welche mir auch angeboren sind, wie ich gerade bemerke. Wir befinden uns gerade im Märchenland. Alle Märchen laufen hier individuell in der Nähe voneinander in Dauerschleifen ab. Und wir werden automatisch in die Nähe des Ortes geschickt, wo wir eine Geschichte reparieren müssen.* Oh, dann ist das Märchen bestimmt Hänsel und Gretel! Und ich glaube dort hinten steht auch das Lebkuchenhaus! *Dann lass uns dort hin laufen. Naja, rennen brauchst du aber auch wieder nicht.* Doch, doch in einer Stunde müssen wir wieder zurückkehren. *Aber das ist anscheinend nicht das Märchen, das wir suchen!* Stimmt, gerade verschwindet das Hexenhäuschen und die Lebkuchenmänner verwandeln sich wieder zurück in Kinder. *Sie sehen wirklich alle sehr glücklich aus.* Und was passiert jetzt?! Wieso ist jetzt plötzlich das Hexenhäuschen wieder da? *Na, das Märchen läuft doch in Dauerschleife ab und so beginnt wieder alles von vorne. Wir hatten echt Glück, dass wir am Ende des Märchens aufgekreuzt sind. Wo lang gehen wir gerade?* Na wir suchen nach einem anderen Märchen in der Nähe. *Du musst aber aufpassen, dass wir nicht auf Hänsel und Gretel stoßen, wo sie gerade alleine hilflos im Wald herum irren.* Schau mal, dort hinten bewegt sich was! *Alicia, das ist ein Wolf.* Ja, du hast Recht. Dann ist es vielleicht Rotkäppchen. *Mist, der Wolf hat uns schon gesehen.* Ja, jetzt kommt er auf uns zu. Kann er für uns gefährlich werden? *Eigentlich ja schon. Mir fällt gerade auf, dass das vielleicht doch nicht so gut durchdacht war…*

„Was bist du denn für ein Mädchen? Dich habe ich noch nie gesehen!", stellt der Wolf fest. *Frag ihn nach etwas anderem.*

„Kennst du das Rotkäppchen?"

„Wer soll das sein!"

Dann hatte ich mal wieder nicht recht mit dem Märchen. *In welchem Märchen gibt es auch noch einen Wolf?* Bei den sieben Geißlein! *Na dann folgen wir dem Wolf jetzt einfach. Anscheinend hat er ja gar kein Interesse an dem zarten Fleisch von einem kleinen Mädchen, wie dir.* Zum Glück. „Warte mal, Wolf! Ich will dir folgen. Vielleicht kann ich dir ja behilflich sein."

„Wie willst du mir denn helfen?!"

„Bist du auf dem Weg zu den sieben Geißlein?"

„Oh, ja. Was für eine Delikatesse. Mir läuft jetzt schon das Wasser im Mund zusammen, wenn ich nur dran denke!"

„Und wie willst du in das Haus hineingelangen?"

„Ihre Mutter verlässt immer das Haus, um auf den Markt einzukaufen. Ich werde einfach tun, als wäre ich ihre Mutter und käme gerade vom Markt wieder nach Hause."

„Aber sie werden dich an deiner Stimme erkennen. Deswegen solltest du Kreide essen. Und dein Fell mit Mehl bestreuen, sodass sie sich nicht an deiner schwarzen Fellfarbe erkennen."

Was soll denn das, wenn ich fragen darf?! Na ich will nicht extra warten, bis der Wolf das alles selber rausbekommt und es dann Ewigkeiten dauert, bis das Märchen zu Ende ist. Denn diese ganzen Märchen laufen hier in Echtzeit ab und manche Handlungen werden nicht einfach nur kurz beschrieben, wie in einem Buch. *Vielleicht ist es ja aber trotzdem das falsche Märchen.*

„Danke für den Rat, aber ich versuche es erst einmal so. Vielleicht klappt es auch so."

„Nein wird es nicht!"

„Aber ich muss Kreide und Mehl erst besorgen."

„Na, dann tust du das jetzt."

„Ich bin mir nicht so sicher."

„Je eher du Kreide und Mehl hast, umso schneller kriegst du deine Mahlzeit."

„Naja, okay. Vielleicht hast du ja doch Recht."

Und da läuft der Wolf auch schon. Eine Frage hätte ich dann allerdings noch: Wo weißt du denn jetzt, wo das Haus von den Geißlein ist? Ich hoffe einfach, dass dieser Weg keine Abzweigungen enthält. Das hoffe ich auch. Und dann müssen wir auf die Geißlein aufpassen und können so aufpassen, dass der Wolf sie gar nicht erst auffrisst. *Du bist dir ja richtig sicher, dass das das richtige Märchen ist.* Ja, ich habe irgendwie das Gefühl. *Oh, schau mal, dort ist wirklich eine Hütte.* Und dort läuft so eine Gestalt lang. Kannst du erkennen, was das sein könnte? *Ich sehe alles aus deinen Augen, wie sollte ich also mehr erkennen können als du?* Ich glaube es ist eine Ziege. *Und schon wieder kann Alicia es nicht aushalten und muss dort hin rennen! Genieße doch mal die Landschaft hier. So oft kommt man schließlich nicht ins Märchenland.* Chakro, ich muss auf den Weg achten, damit ich nicht hinfalle. *Wo du Recht hast, hast du Recht.* Kann es sein, dass diese Ziegendame weint? *Ja, jetzt höre ich ihr Schluchzen.* Die Ärmste. *Denkst du nicht, dass es etwas komisch ankommt, wenn du so angerannt kommst?* Jetzt hat sie uns auch wahrgenommen.

„Was ist passiert?"

„Eines meiner Kinder ist nicht mehr da."

„Lassen sie mich raten. Es ist ihr jüngstes gewesen."

„Woher wissen sie das?"

„Nur so eine Vermutung."

Wie hoffnungsvoll sie uns gerade angeschaut hat. Ja. *Aber das ergibt wirklich alles Sinn. Irgendjemand muss das Geißlein entführt haben, sodass sich dieses nicht im Uhrenschrank verstecken konnte und dadurch auch die anderen nicht befreien konnte."*

Schnell bemerkten Alicia und Chakro, dass sie wohl oder übel warten mussten, bis das Märchen vorbei war und wieder von vorne anfing. Da das kleine Geißlein fehlte, kam es zu einem schlechten Ende, weil die Mutter nicht wusste, wo ihre Kinder waren, als sie nach

Hause kam. Das kleine Geißlein konnte ihr nicht beim Suchen helfen. Und so kam es nie zu einem guten Ende. Aber dies sollte sich ändern. Denn als das Märchen wieder von vorne begann, bemerkten Alicia und Chakro wie eine schwarze Gestalt das Geißlein entführte. Es war irgendeine Person mit einem schwarzen Umhang, die nicht erkannt werden wollte. Man konnte nicht einmal an der Körperform erkennen, ob es sich um einen Mann oder eine Frau handeln würde. Alicia und Chakro folgten der Person mit dem schreienden Geißlein:

„Du kannst ruhig schneller laufen. Aber dann hört uns noch diese Gestalt. *Das geht nicht. Diese Person ist keine individuelle Gestalt, die selber auf Änderungen reagieren kann. Sie handelt einfach nur so ähnlich wie ein Roboter, welcher nur ganz bestimmt auf einen Reiz reagiert.* Uns nimmt sie also gar nicht wahr, weil sie eigentlich keine richtig Person ist und immer so handelt wie in der vorherigen Schleife? Wenn wir also jetzt durch unser Eingreifen das Geschehen wieder ändern, wird diese Person nicht darauf reagieren, weil sie nur die Handlung genau so abspielt, wie beim letzten Durchlauf der Geschichte. Auf Veränderungen kann sie gar nicht reagieren. *Du verstehst schnell. Das gefällt mir.* Das Geißlein wird gerade gefesselt. *Dann können wir es einfach wieder befreien, wenn diese Person weg ist.* Aber könnten wir nicht noch gucken, wer unter diesem Tuch steckt. *Zu spät, jetzt läuft sie schon wieder weg und es wird uns schwer fallen, beim Laufen das Tuch abzunehmen.* Stimmt sie würde ja nicht stoppen. *Los befreie das Geißlein.*

„Keine Angst, mein Kleines. Ich bringe dich jetzt wieder zurück zu deiner Mutter."

„Aber wieso hat dich diese Gestalt gerade eben überhaupt nicht wahrgenommen? Ihr seid die ganze Zeit doch direkt hinter ihr gelaufen. Am Anfang habe ich extra laut geschrien, damit sie nicht deine Schritte hören konnte. Aber dann habe ich irgendwann bemerkt, dass sie diese gar nicht hörte. Oder es jedenfalls dieser merkwürdigen Gestalt egal war."

„Hauptsache du bist jetzt in Sicherheit!"

„Vielen Dank.""

Und so wurde das kleine Geißlein zur Familie zurückgebracht. Alicia und Chakro warteten nochmal bis das Märchen zu Ende war, um zu sehen, ob es nun wirklich gut ausgehen würde. Dabei sahen sie, wie Alicia plötzlich den Berg runter gerannt kam. Sie stammte aus der vorherigen Version dieses Märchens und würde eigentlich die weinende Mutter nun fragen, was passiert sei. Doch da diese fröhlich war und nun aufbrach zum Einkaufen, würde es nie dazu kommen. Stattdessen lief Alicia einfach weiter, bis sie nicht mehr zu erkennen war. Denn nur ihr Handeln wurde kopiert und nicht sie selber. Da sie nur auf den Reiz von der Mutter reagieren würde, war sie nicht mehr an dieser Stelle für das Märchen zu gebrauchen. Allerdings traf ab sofort der Wolf am Anfang nun immer auf ein Mädchen, welches ihm riet, sofort Mehl und Kreide zu holen. So musste das kleine Geißlein viel länger auf ihre Mutter im Uhrenkästchen warten. Mit Angst. Mit großer Angst. Allgemein hatte sich das Märchen nicht so vorteilhaft für das kleine Geißlein entwickelt, welches nun sein Märchen mit der Entführung immer wieder neu erleben musste. Aber Hauptsache, es ging zum Schluss gut für sie aus, da das Geißlein seiner Mutter vom bösen Wolf berichten konnte und so sie zu zweit die restlichen 6

Geißlein befreien konnten. So hatten Alicia und Chakro ihr erstes Märchen wieder in Ordnung gebracht, auch wenn sie es durch ihr Eingreifen noch mehr durcheinander gebracht hatten, kam es wieder zu einem Happy End. Dabei waren sie schon zu den ersten Erkenntnissen gekommen. Diese Gestalt musste irgendwann gekommen sein und das Geißlein entführt haben. Sie handelte individuell. Und danach wurde diese Änderung des Märchens immer wiederholt, bis Alicia und Chakro kamen.

Jetzt hatten die beiden die Dimension der Fantasien auch schon wieder verlassen. So wie man reingekommen war, kam man auch wieder raus. Alicia musste nur den Willen besitzen, wieder zurückzukehren. Was ihr ohne Probleme gelang, sodass sie nun hinter der Turnhalle stand und sich ihren Ranzen nahm, den sie zuvor an der Seite abgestellt hatte, um ihn nicht mit auf die Reise mitnehmen zu müssen. Gerade rechtzeitig waren Chakro und sie gekommen, denn es war schon kurz nach 17 Uhr und Pia und Frau Roth warteten schon gespannt auf sie. Pia kam mit vielen Zeichnungen an, mit denen sie Frau Roth bereits anschaulich alles Neue erklären konnte. Sie hatte aufgemalt, wie die Welt für Chakro in der Dimension des Charakters aussehen würde. Chakro selber war erstaunt, wie gut Pia alles verstanden hatte und sich in ihn hinein versetzen konnte. Ja, auch das war eine wichtige Gabe, für einen Detektiv: Einfühlungsvermögen. Aber auch das besaß ja Pia. Chakro und Alicia erzählten ihnen nun ganz ausführlich was passiert war. Da begriff Alicia auch erst, was sie alles so erlebt hatte und wie unvorstellbar die ganze Sache überhaupt war. Wer kann denn auch in Märchen reisen?

Frau Roth stellte fest:

„Es muss also noch eine andere Möglichkeit geben, in die Dimension der Fantasien zu gelangen. Es gibt nicht nur einen   Schlüssel, wie wir bisher angenommen haben."

Doch Alicia entgegnete mit Chakros Stimme: *„Mich gibt es nur einmal!"*

„Ja, ich glaube auch, dass es dich als Schlüssel nur ein einziges Mal auf der Welt gibt. Aber das heißt nicht, dass es bereits schon mehr Schlüssel gegeben hat. Chakro ist genauso alt wie Alicia. Also muss es sicherlich vor Alicias Geburt auch schon Schlüssel gegeben haben. In der ganzen Geschichte der Menschheit könnte es schon unzählige Schlüssel gegeben haben. Doch es haben nie mehrere zur selben Zeit existiert.", dieser Einwurf gehörte natürlich Pia.

„Das ist sehr schlau von dir, Pia, aber ich denke nicht, dass das jetzt unsere Antwort ist, denn die Fantasie ist erst seit   Anfang dieser Woche langsam weniger geworden.", gab Frau Roth zu bedenken. Und so diskutierten sie noch ein bisschen weiter, bis sie bemerkten, dass es für heute genug war und sie durch ihr Überlegen an dieser Stelle auch nicht weiter kommen würden.

Es war nun Alicias Aufgabe, weiterhin in die Dimension der Fantasien einzudringen und andere Geschichten in Ordnung zu bringen. Denn eins war klar: Nicht nur Die sieben Geißlein waren zerstört gewesen, es mussten noch mehr Geschichten mit schlechtem Ende geben. Und es würden auch sicherlich mehr werden. Während also Alicia versuchte, die Spuren von der geheimnisvollen Person, welche sie in der Geschichte hinterlassen hatte, zu beseitigen, war es Pias Aufgabe, den Spuren dieser Person zu folgen, um das Geheimnis, wer sie war, zu lüften. Entscheidend war die Frage, wieso diese Person die Geschichten zerstören wollte. Wer will denn, dass die Fantasie verschwindet? Während also nun Pia versuchte, den Grund für alles herausbekommen, bekämpfte Alicia nur die Folgen von diesem Problem. Alicia würde morgen wieder zur selben Zeit dorthin reisen und ihr Handy bei sich haben, um diese geheimnisvolle Gestalt zu entkleiden und sie zu fotografieren. Pia erhoffte sich dadurch viele Hinweise, wer diese Person sein könnte. Pia und Alicia erzählten ihren Eltern nun zu Hause, dass sie bei einer neuen Arbeitsgemeinschaft mitmachten. Alicias Mutter freute sich natürlich riesig. Sie komme bei der „Gärtner-AG" (was Besseres war ihr auf der Schnelle nicht eingefallen) richtig unter Menschen. Doch Alicia bemerkte, als sie bettfertig war, wie sehr die Schule darunter litt. Sie musste noch für morgen lernen, wegen des Biotestes. Auch wenn sie erst neu war, musste sie diesen mitschreiben. Dafür hatte sie von Pia den älteren Stoff kopiert bekommen. Doch wann hätte sie heute lernen sollen? Also musste sie nun wohl oder übel versuchen, das alles noch in ihren Kopf hineinzubekommen. Aber sie war todmüde und durch ihr kleines Abenteuer heute völlig erschöpft. Sie könnte sofort einschlafen, obwohl es eigentlich erst 21 Uhr war. Chakro merkte, wie sehr Alicia kämpfte, nicht plötzlich einzuschlafen, und kam daher zu dem Entschluss, dass sie sofort schlafen musste. Und so schlief Alicia ein, ohne irgendetwas für die Schule gemacht zu haben. Ihre Augen fielen einfach zu und selbst ihr Wille wach zu bleiben, war schwächer als ihre Müdigkeit. Als sie am nächsten Tag aufwachte, musste sie erschreckender

Weise feststellen, dass es nicht mehr Abend war. Sie hatte ja nicht einmal mitbekommen, wie sie eingeschlafen war. Dazu bemerkte sie auch noch, dass Chakro nicht mehr da war. Wo war er nur? Sie hätte beinahe schon angefangen mit weinen, weil sie gerade einfach nur genervt von ihrem Leben war. Aber keine Sorge, Chakro war nichts passiert. Er selber war für sein Verschwinden verantwortlich und hatte sich dabei etwas gedacht. Er hatte nämlich Alicias Gefäß verlassen um sich in der Zeit, wo sie träumte, ihren Bio Hefter anzuschauen, welcher zum Glück ausgebreitet da lag, sodass es nicht störte, dass Chakro nichts umblättern konnte. Nun wusste er allerhand viel über die Mendelschen Regeln und hoffte nur auf den Sog, der ihn wie beim letzten Mal zurück zu Alicia bringen würde. Was zum Glück auch geschah, als sie sagte, dass es den Schlüssel geben würde. Alicia war sehr erleichtert, als sie von Chakros Hilfe hörte. Und er hatte wirklich gut für sie gelernt, sodass Alicia im Biotest viel auf ihr Blatt schreiben konnte.

Und dann war es auch schon wieder am Nachmittag soweit, dass sie mit Chakro in die Dimension der Fantasien reiste. Dieses Mal wurde es allerdings um einiges schwieriger. Denn sie landeten nicht im Märchenland, sondern im großen Gebiet der Fantasiegeschichten, welche natürlich Alicia und Chakro nicht alle kannten. So würde es für die beiden eine Herausforderung werden, das gute Ende zu finden:

„Am besten wir beobachten erst einmal die Geschichte bis sie zu Ende ist. *Aber sie wird sich sicherlich an mehreren Orten abspielen und wir können nicht überall zuschauen.* Es könnte aber gefährlich werden, wenn wir nicht wissen, was auf uns zukommt. *Lass es uns trotzdem versuchen. Siehst du dieses Mädchen dort, welches auf dem Baumstamm sitzt? Sie scheint in deinem Alter zu sein und sie hat uns auch schon bereits entdeckt. Sie mustert uns zwar interessiert, aber irgendwie auch ein klein bisschen ängstlich. Also geh zur ihr rüber. Sie sieht nett aus.* Wo sind wir denn überhaupt? Es sieht aus wie ein ganz gewöhnlicher Wald und allgemein sieht es hier so aus wie bei uns. *Allerdings gibt es hier Magie.* Ja, wahrscheinlich. *Jetzt kommt sie zu uns herüber.*

„Entschuldigung, aber ich habe dich noch nie hier gesehen. Und wie ist es überhaupt möglich, dass du hier stehen kannst? Bist du auch geflüchtet? Und hast du meine Mutter gesehen?"

Wie traurig sie uns anschaut. *Und hoffnungsvoll.* Das ist doch eine Fantasiegeschichte, oder? *Ja.* Also kann ich mir ja jetzt auch etwas ausdenken. *Na, da bin ich gespannt.*

„Es tut mir leid, aber ich habe deine Mutter nicht gesehen. Ehrlich gesagt, weiß ich auch gar nicht, woran ich deine Mutter erkennen sollte. Ich bin einfach hier gelandet und weiß auch nicht, was passiert ist. Aber eins weiß ich dann doch: Ich bin so etwas, wie eine gute Fee, die versuchen wird, dir irgendwie zu helfen, so gut jedenfalls, wie es geht."

„Oh, das wusste ich nicht. Also meine Mutter ist Isabel, die Beliebte. Ach so, das hilft dir ja auch nicht weiter. Jeder kennt meine Mutter, denn sie ist, wie ihr Beiname schon verraten hat, sehr beliebt. Sie wird, wie viele von meinem Stamm, in riesigen Käfigen gefangen gehalten. Genau wie ich und mein Freund. Aber wir konnten ausbrechen und flüchten."

„Und wo ist dein Freund jetzt?"

„Er sucht nach Essen. Dafür muss er allerdings in den gefährlichen Teil des Waldes. Mitkommen durfte ich daher nicht. Er hätte sonst zusätzlich mich auch noch beschützen müssen. Denn ich bin nur Lara, die Hübsche, und er ist, Finn der Starke. Du solltest wissen, wir haben seit Tagen nichts mehr gegessen. Nur etwas Wasser haben wir bekommen."

Frag sie, wieso sie gefangen gehalten wurden.

„Und wer ist dafür verantwortlich, dass so viele gefangen gehalten werden?"

„Es ist ein Drache. Ein gefährlicher Drache, welcher Menschen gerne …"

„…isst!"

„Nein! Er nimmt uns als Spielzeug für seine Kinder. Doch seine Kinder sind so, wie unsere: Da geht auch das eine oder andere Spielzeug kaputt. Und es sind schon viele Menschen durch die Drachenkinder, die etwa so groß sind wie diese ausgewachsene Fichte, gestorben. Eigentlich stirbt jeder irgendwann. Nur die Zeit macht es aus. Dieser Drache besitzt immerhin viele Kinder." *Hast du nicht in deiner kleinen Tasche, wo dein Handy drin ist, auch vorhin noch etwas Essen hineingepackt?* Ja, weil ich in den Hofpausen gar nicht zum Essen gekommen bin. Früher war das immer ganz anders, da stand ich nur so auf den Schulhof herum und die einzige Beschäftigung war Essen gewesen. *Wie verwundert sie uns wegen der Tasche anschaut.* Über den Apfel wird sie sich sicherlich freuen.

„Ist das etwa ein Apfel?! Seit Wochen habe ich kein Obst mehr gegessen. Wie nett von dir. Aber woher kommst du eigentlich? Dieses Ding, wo der Apfel drin war, sieht so seltsam aus. Aus was für einen Stoff ist das denn?"

Was soll ich ihr antworten? *Gib ihr dieses Müsli Riegel, dann wird sie noch mehr staunen.*

„Ich komme aus einer Welt, wo man Dinge immer noch extra verpackt. Daher musst du diesen leckeren Riegel erst auspacken, was ich jetzt für dich tun werde."

Wie schnell sie einfach diesen Apfel verschlingt. Und jetzt hat sie auch schon den Riegel vernascht.

„Oh mein Gott, wie lecker ist das denn?!"

Dort hinten kommt so ein Typ. Das ist sicherlich Finn. *Ach so hieß der!*

„Das hier ist für deinen Freund, Finn."

„Oh mein Gott, Finn! Du hast überlebt und Essen gefunden."

Wie eklig!! Das ist ein totes Reh! Da ist dein Kinderriegel, den du ihm geben willst, aber um einiges leckerer! Jetzt weint Lara sogar. *Ist denn was Schlimmes passiert?* Nichts Schlimmes. Sie ist einfach nur glücklich vor Freude. Sie hat sich Sorgen um ihn gemacht. Ihm hätte irgendetwas Schlimmes zustoßen können.

„Lara, wer ist dieses Mädchen?"

„Sie will versuchen, uns zu helfen. Sie selber kommt von weit her, sodass ich ihr erst einmal von dem Drachen erzählen musste. Und sie will dir das hier zum Essen geben."

„Was soll das sein?! Das ist so länglich, bräunlich und so komisch geformt!"

Das ist ein Kinderriegel!

„Iss es einfach. Sie hat mir auch schon so etwas Seltsames gegeben. Du hättest sehen müssen, wie das verpackt gewesen war! Aber es wird dir sicherlich schmecken."

„Na, wenn du meinst."

Und was wird nun mit dem Reh passieren?"

Es wurde auch aufgegessen. Doch ein Reh isst man nicht so schnell auf und deswegen dauerte es ein bisschen, bis wieder etwas Interessantes passierte, als sie nämlich auf dem Weg zum Dorf waren, in dem Finn und Lara lebten. Aber dieses würde menschenleer sein, wenn sie ankamen, denn niemand konnte dort mehr leben, seitdem der Drache alles verwüstet hatte und die Bewohner des Dorfes entführt hatte. Aber vielleicht würden sie auf ein anderes Wesen im Dorf treffen, welches ihnen helfen könnte. Doch dafür mussten sie erst einmal ins Dorf gelangen.

„Ich hoffe, dass wir bald in dieses Dorf ankommen. Meine Beine tun schon weh und es ist schon echt viel Zeit vergangen, seitdem wir in dieser Geschichte gelandet sind. *Keine Sorge, Alicia. Wir werden schon rechtzeitig wieder zurückkreisen.* Wir könnten jederzeit zurückkreisen, aber wir hätten es nicht geschafft, diese Geschichte in Ordnung zu bringen. *Auch das werden wir schaffen.* Aber wir wissen doch nicht einmal, an welcher Stelle die Geschichte durcheinander geraten ist. Wir kennen ja nicht einmal den gesamten Inhalt von dieser Geschichte! *Ich glaube das brauchen wir auch nicht. Denn siehst du...* Ja, natürlich sehe ich die Gestalt mit dem schwarzen Umhang! *Jetzt wissen wir an welcher Stelle die Geschichte durcheinandergebracht worden ist.* Ist das dort eine Pistole?! *Schmeiß dich auf die Person drauf! Sofort! Bevor sie abdrücken kann.* Die Gestalt ist ganz schön schwer. *Trotzdem liegt sie nun auf dem Boden. Gut gemacht, Alicia!* Aber trotzdem konnte sie noch abschießen. *Jedoch nur in die Luft.*

Ohne dich hätte die Kugel Finn getroffen. Und dann wäre die Geschichte schlecht ausgegangen.

„Was ist das denn schon wieder für ein seltsames Teil, aus dem so eine Kugel rauskam?!"

„Ohne mich hätte dich diese Kugel getroffen, Finn. Und das hätte womöglich dein Tod bedeutet." „Na, dann sind wir dir ausgesprochen dankbar, dass du soeben unser Leben gerettet hast. Aber wieso liegt jetzt diese Person auf der Erde und regt sich nicht mehr? Hast du sie etwa getötet?" *Antworte einfach mit Ja.*

„Eigentlich kann ich diese Person gar nicht töten, denn es handelt sich nur um eine Kopie einer ganz bestimmten Person. Es wurde jedoch nur die Kopie von ihrem Handeln gemacht, welches sich immer auf dieselben Umwelteinflüsse beschränkt. Durch mein Erscheinen ist es möglich, diese Umwelteinflüsse zu verändern, sodass es erst gar nicht zu den folgenden Handlungen kommen kann und diese Person jetzt nutzlos auf dem Boden liegt. Meine Aufgabe ist es, herauszubekommen, wo sich die wahre Gestalt von dieser Kopie aufhält. Und dafür werde ich jetzt schauen, wer sich hinter diesem Tuch verbirgt."

Wieso musstest du jetzt den beiden alles erklären? Ja, ich weiß die Antwort selber. Du willst einfach nicht lügen, was auch sehr typisch für dich ist. Es ist eine Frau. *Jetzt hol dein Handy raus und mach ein Foto.* Schon dabei. *Eigentlich haben wir doch jetzt alles getan, was wir wollten, oder? Und können nun zurückkehren.* Aber was ist, wenn die Geschichte trotzdem schlecht ausgeht? *Du hast Recht, das könnte möglich sein. Aber es ist unwahrscheinlich und falls es so sein sollte, dann werden wir beim nächsten Mal, wenn wir in die Dimension der Fantasien reisen, wieder zu dieser Geschichte zurück geleitet. Wenn die Geschichte jedoch trotzdem gut ausgeht, werden wir automatisch zur nächsten Geschichte geleitet, in der diese Frau ihr Unwesen getrieben hat.* Aber irgendwie würde ich auch gerne wissen, was in dieser Geschichte noch passiert und wie genau das Ende aussehen wird. *Das ist doch jetzt egal!* Okay, wie du meinst."

Und so kehrten die beiden wieder zurück. Mit einem wichtigen Foto auf Alicias Handy, welches für Pia entscheidend sein würde. Da du an dieser Stelle, natürlich genau wie Alicia, auch gerne wissen möchtest, wie die Geschichte von Finn und Lara ausging, verrate ich dir dies an dieser Stelle. Nachdem nämlich Finn und Lara in dem Dorf ankamen, trafen sie auf eine Spinne. Es war keine gewöhnliche Spinne, denn sie war so groß wie ein ausgewachsener Bär. Außerdem konnte sie reden. Vielleicht würdest du vor dieser Spinne Angst haben, doch diese Angst wäre überhaupt nicht berechtigt, denn diese Spinne wollte nur helfen. Gemeinsam gelang es ihnen, die eingesperrten Menschen zu befreien und die Drachenmutter zu zähmen, sodass die kleinen Drachenkinder mit den Menschen spielen konnten, ohne sie dabei zu verletzen oder gar zu töten.

Und so war durch Alicia und Chakro wieder eine Geschichte gerettet. Doch es wurden durch ihr Handeln trotzdem nicht weniger zerstörte Geschichten, denn diese geheimnisvolle Frau drang weiterhin in die Dimension der Fantasien ein und brachte alles negativ durcheinander. Deswegen musste sie von dieser schlechten Tat unbedingt abgehalten werden. Aber wie war es denn überhaupt möglich, dass sie in die Dimension reisen konnte? Es gab doch nur einen solchen Schlüssel. Nur einen Chakro. Und genau dieses Wesen passte nur zu Alicia. Aber Pia würde schon noch auf die Antwort auf diese Frage stoßen. Doch es würde nicht so einfach werden, wie erwartet. Und Alicia musste wohl noch viele Geschichten in Ordnung bringen.

Es wird spannend, aber meinst du nicht auch, dass für diese Geschichte noch eine wichtige Zutat fehlt, die die Geschichte erst richtig interessant machen wird? Nur welche Zutat meine ich? Genau! Es ist die Liebe, die nun ins Spiel kommt und wieder für eine Veränderung in Pias und Alicias Leben sorgen wird.

3. Kapitel: Die zweite Veränderung

Es war Montag und das Wochenende war auch schon wieder vorbei. Alicia war gar nicht dazu gekommen in dieser Zeit in die Dimension der Fantasien zu reisen, da ihre Familie viel zu viel mit ihr vorgehabt hatte. Sie gingen zusammen ins Kino, besuchten ihre Großeltern, die in Alicias Heimatstadt wohnten und aßen in vornehmen Restaurants zu Abendbrot. Die restlichen paar Stunden, welche von diesem Wochenende übrig geblieben waren, nutzte sie schließlich, um alle Hausaufgaben, die für diese Woche anstanden, zu erledigen. Denn diese kommende Woche würde anstrengend werden und ihr würde sicherlich nicht viel Zeit bleiben, um irgendwas für die Schule zu machen. Das wusste sie.

Nun war gerade Hofpause und Pia und Alicia unterhielten sich. Während Alicia nichts Neues zu berichten hatte, war Pia durch viel Glück und Zufall auf neue interessante Informationen gestoßen. Auf Instagram hatte sie viele Accounts von Leuten abgesucht, welche Bilder von sich hochgeladen hatten. Irgendwann war sie dann auf eine Frau gestoßen, die genauso aussah, wie auf dem Bild von Alicia. Pia hatte selber damit nicht gerechnet, denn die Wahrscheinlichkeit, sie schon nach einer Stunde zu finden, ging gegen null. Die Frau hieß nach ihrem Account Anette von Droste-Hülshoff. Pia musste immer noch schmunzeln, wenn sie an diesen Namen dachte. Droste-Hülshoff. Wer hieß denn schon so?! Auf ihrem letzten Bild hatte sie sogar den Ort angegeben. Dort war Anette zusehen, wie sie gemütlich in einem Stuhl in einem Garten saß. Pia nahm an, dass es der Vorgarten von ihrem Haus war. Sie wohnte in einer etwas kleineren Stadt. Doch diese kannte Pia nur zu gut, denn dort war sie früher oft mit ihren Eltern und ihrem Bruder gewesen, weil diese mit ihr unbedingt immer in den nahegelegenen Wald wandern mussten. Pia hatte dies als kleines Kind immer gehasst, doch nun würde es von Vorteil für sie sein, dass sie sich auch in dieser kleineren Stadt etwas auskannte, denn oft waren Pia und ihre Familie nach der Wanderung in der Stadt spazieren. Was für ein schöner Familienausflug! Pia war so froh gewesen, als dieser mit der Zeit immer langweiliger werdende Ausflug endlich ein Ende gehabt hatte. Mit Frau Roth würde Pia am Mittwoch direkt nach der Schule dorthin fahren, um mehr über diese Anette zu erfahren. Aber bis dahin würde noch so einiges Interessantes passieren. Also schauen wir gemeinsam in die Gedanken von Alicia, als sie gerade vertieft in einer Unterhaltung mit Pia war. Dabei liefen sie durchs Schulhaus, um zum nächsten Unterricht zu gelangen:

44

„*Pia ist echt krass.* Ja, da hast du Recht.

„Ich hätte gar nicht die Geduld gehabt, eine ganze Stunde lang nach irgendeiner Person zu suchen, während mir die Suche so aussichtslos erscheint."

„In meiner Freizeit bin ich sehr oft auf Instagram unterwegs. Für mich war daher diese eine Stunde nichts."

Oh mein Gott, wie krass! *Ja, habe ich ja auch schon gesagt, Pia ist eine echt gute Detektivin.* Sie meine ich doch gar nicht! *Was ist denn dann so krass?* Nicht was, sondern wer. *Meinst du etwa diesen Jungen, der dort an der Wand lehnt und Musik hört?* Ja, genau der. *Was soll denn jetzt an dem krass sein?!* Er sieht übertrieben hübsch aus. *Ich finde ihn hässlich.* Und er sieht echt cool aus. *Und was ist jetzt an dieser Eigenschaft so toll?!* Ja, ich weiß, er ist nichts für mich! Aber er sieht trotzdem so perfekt aus.

„Darf ich einmal fragen, was da gerade in deinem Kopf abgeht? Ich kann nämlich leider nicht deine und Chakros Gedanken hören. Und wieso hast du gerade nur so in diese eine Richtung gestarrt?!" Mist, jetzt ist der Junge plötzlich verschwunden.

„Ähm, Entschuldigung."

Oder er steht direkt hinter dir.

„Ich habe dich noch nie gesehen. Du musst neu sein. Ist das richtig?"

Oh mein Gott! *Für gewöhnlich antwortet man auf Fragen.* Ich bekomme meinen Mund nicht mehr auf. *Dein Mund steht offen!* Aber ich bekomme keinen Ton raus.

„Ja, sie ist neu hier."

Danke, Pia!

„Und wie heißt du?"

Von der Nähe ist er noch tausendmal schöner. *Alicia, wach auf!*

„Es gibt da eine Person, die dich ganz extrem mag."

Oh, shit. Der Edding ist immer noch nicht weg. Er hat meinen Finger angefasst.

„Wer ist diese Person? Hast du einen Freund?"

„Sie hat keinen Freund. Und sie will auch zurzeit keinen haben. Und so ein Arschloch wie dich schon gar nicht!"

„Vielleicht kann sie ja selber antworten und hat auch eine andere Meinung als du."

„Ich würde aber nicht zulassen, dass du ihr das Herz brichst."

„Wer ist dieses zuckersüße Mädchen?"

„Alicia." *Wie krass, endlich hast du etwas gesagt! Auch wenn das wirklich sehr leise und wenig war.* „Echt schöner Name."

„Ja, ihr Name ist schön. Aber das tut nichts zu der Tatsache, dass sie viel zu gut für dich ist und wir nun gehen müssen, weil in zwei Minuten der Unterricht beginnt. Also tschüss."

Aber ich will jetzt nicht weg. *Tja, jetzt hat dich aber Pia schon weggezogen. Was ist denn an diesem Jungen so toll, dass du dich jetzt noch mal umblicken musst?!* Er lächelt so wundervoll.

„Alicia, schau mich an! Vergiss diesen Jungen. Ich weiß , wie sehr du dich gerade verliebt hast, aber du kannst mir vertrauen, ich weiß so viel über diesen Kerl und es sind alles nur schlechte Dinge." „Wie heißt er?"

„Kilian. Eigentlich hängt er sonst immer mit seinen Kumpels ab, die genau solche Arschlöcher wie er sind. Sie verschwinden auf der Hofpause immer zum Rauchen."

„Er findet mich süß."

„Ich finde es gerade schön, dass du wieder redest. Auch wenn du immer noch etwas geflasht aussiehst, warst du ja gerade ganz schön sprachlos gewesen. Was Kilian an dir wohl süß gefunden haben muss. Aber das heißt noch lange nicht, dass er dich liebt. Er ist außerdem zurzeit gar nicht Single."

„Er hat schon eine Freundin?"

„Alicia, schau mich nicht so enttäuscht an! Er hatte schon um die 30. Mit manchen war er nur ein paar Wochen zusammen und das längste waren 3 Monate. Aber immer war er derjenige, der Schluss gemacht hat. Doch bisher hat er noch nie ein Auge auf solche unscheinbare Mädchen, wie dich geworfen. Du musst also schon etwas Besonderes für ihn sein.""

Und dann begann auch schon der Unterricht für die beiden Mädchen. Doch Alicias Gedanken waren weit weg. Sie dachte an ihre erste große Liebe. Dieses Gefühl war neu für sie. Auch wenn es sich so wunderbar anfühlte, wenn sie an ihn denken musste, merkte sie auch schnell wie unangenehm dieses Gefühl doch sein konnte, denn sie wurde sehr abgelenkt, was Alicia irgendwann sehr nervte. Wie konnte ihr ein Junge den Kopf denn nur so verdrehen?! Alicia wusste ja selber nicht einmal, was an ihm so besonders war. Außer natürlich an seinem Aussehen, welches die meisten eigentlich nicht als unbedingt hübsch bezeichnen würden. Aber Alicia war ja besonders und so war ihr Jungsgeschmack natürlich auch etwas anders. Doch auch Alicia sah ein, dass sie sich mit ihm keine Hoffnung machen konnte, denn er würde sie eh nur verarschen. Aber diese Tatsache machte es umso schwerer für sie, denn während ihr Verstand sich auf die

Schule versuchte zu konzentrieren, begehrte ihr Herz etwas anderes. Dennoch freute sie sich auf den Nachmittag, denn da würde sie in die Dimension der Fantasien reisen und sicherlich fürs erste abgelenkt sein. Das dachte Alicia, doch da hatte sie sich gewaltig getäuscht, denn ausgerechnet heute wurde sie in eine Liebesgeschichte geleitet:

„*Na toll, es ist Nacht und dir ist kalt!* Das fühlst du auch? *Ich fühle alles, was du auch fühlst. Auch dein Herzstechen.* Das nervt übelst! *Mich auch!* Aber was kann ich denn dagegen machen? *Woher soll ich das wissen? Ich verstehe nur nicht, was an diesem Jungen so besonders ist. Der passt doch überhaupt nicht zu dir.* Das weiß ich doch auch. *Dein Charakter passt so gar nicht zu seinem Charakter. In sein Gefäß würde ich überhaupt nicht reinpassen, das wäre richtig ungemütlich. Allein schon sein Selbstbewusstsein würde meine eine Zacke gewaltig verformen. Und was Pia uns noch so alles Schlechtes über ihn berichtet hat!* Sie hat mir versprochen rauszubekommen, was Kilians Eltern für Berufe habe. *Und was ist jetzt so toll daran, wenn du das weißt?* Ich weiß doch selber nicht, wieso ich mich darüber freue! Ich habe mich nicht mehr unter Kontrolle. *Vor allem vorhin.* Ja, das war echt krass. Ich konnte einfach nichts machen. Nicht einmal klar denken! *Diese Liebesgeschichte spielt sich ja in der Realität ab.* Das hier wird eine Liebesgeschichte?! *Na, eine Fantasiegeschichte ganz sicherlich nicht.* Ja, dieses Mal sind wir nicht im Wald. Aber was könnte hier an einer Landstraße passieren? *Ich habe keine Ahnung, aber es muss schon ganz schön spät sein, denn hier fahren echt wenige Leute entlang.* Da kommt ein Auto und von der anderen Seite auch. *Aber das Auto fährt ganz schön schnell.* Scheiße, Chakro! *Das andere Auto überschlägt sich!* Wir müssen da hinlaufen und den Leuten helfen. *Nein, Alicia wir müssen gar nichts tun, außer diese Geschichte in Ordnung bringen. Und glaube mir, dass ist die falsche Stelle um etwas in Ordnung zu bringen.* Aber diese Anette steckt sicherlich hinter diesem Unfall. *Und falls das stimmt, dann müssen wir in der nächsten Schleife verhindern, dass es erst gar nicht zu einem Unfall kommt.* Jetzt steigen Leute aus dem anderen Auto aus. *Wie das Auto einfach nur vorne eine Delle bekommen hat und das andere Auto völlig zerstört überschlagen da liegt!* Ich glaube diese 5 Jungs kommen gerade von einer Party. *Und sind betrunken.* Aber volle Kanne. Können wir nicht wenigstens einen Krankenwagen bestellen? *Nein!* Denkst du eigentlich, dass sie mich sehen? *Ich denke nicht. Du stehst perfekt. Da es dunkel ist und du hinter diesem Baum stehst, werden sie dich nicht sehen, sodass wir relativ nahe am Geschehen sein können, aber auch nicht zu nah, denn ich will mir die ganzen Wunden nicht vom nahen ansehen.* Jetzt befreien die Jungs ein Mädchen aus dem Auto. *Ja, aber gut stellen sich die Jungs dabei nicht an. Die sind völlig betrunken. Was für Arschlöcher. Die können ja noch nicht einmal den Krankenwagen rufen.* Ist das da etwa ein Kopf, der auf die Straße rollt?!

„Also der Faaahrer isch tot."

„Ja, ich sehe es auch! Kann denn nicht jemand von euch den scheiß Notarzt anrufen?!"

Wenigstens ist einer von den fünf nicht völlig betrunken. *Dafür stehen die restlichen vier, wie Bekloppte da.*

„Das war meine Mutter." Das arme Mädchen. Was für ein Albtraum! Sie selber wird sicherlich den Unfall überleben, aber sie wird doch bis zu ihrem Lebensende psychische Belastungen davon tragen! *Alicia, weine doch jetzt bitte nicht. Das hier ist nur eine Geschichte, keine Realität.* Ich weiß, aber es wirkt trotzdem alles so verdammt echt. Vor allem, weil diese Geschichte auch noch eine realistische ist. *Jetzt wird auch endlich einmal der Krankenwagen angerufen. Wird dann ja auch endlich Zeit!* Es scheint so, als wäre diesen vier anderen Jungs nicht einmal bewusst, was sie da gerade getan haben. *Außer dieser eine Junge. Er scheint völlig überfordert zu sein. Er muss allerdings auch der Fahrer gewesen sein und nicht ganz so viel getrunken haben wie die anderen.* Das Mädchen blutet zum Glück nur am Arm. *Aber sieht trotzdem von weitem ziemlich schlimm aus.* Okay, dieser eine Junge kann zum Glück erste Hilfe. „Das tut jetzt etwas weh." Und schon ist ihr Arm versorgt.

„Hat sie etwaaa in de Hooosen jemacht?" Wieso lacht denn dieser Junge so?!

„Könnt ihr euch nicht einmal zusammen reißen?! Es ist ganz normal, dass man in solch einer Situation völlig unter Stress steht und man sich nicht mehr unter Kontrolle hat!"

„Wie ist es denn überhaupt zu diesem Unfall gekommen?"

„Meine Freunde und ich kommen gerade von einer Feier. Wir haben wohl etwas zu viel getrunken. Es war klar, dass ich nach Hause fahren würde, also trank ich weniger. Doch ich trank trotzdem deutlich mehr als ich eigentlich wollte und als erlaubt ist. Es tut mir so leid."

„Ich bin Jessica."

„Ich bin Pascal."

„Paaascal, der Mööörder!" Können diese anderen nicht einmal die Klappe halten?! *Also das sind keine richtigen Freunde. Lassen sich volllaufen und wollen dann nach Hause gefahren werden. Und jetzt unterstützen sie ihren Freund überhaupt nicht.* Alkohol ist widerlich!

„Wie alt seid ihr?" Sie will sich eindeutig ablenken lassen.

„Deeer Jüüngste vooon uns hat heeuute jeeeemanden umgebraacht."

„Ich bin gestern achtzehn geworden."

„Ich kann einfach nicht fassen was passiert ist! Das muss doch alles nur ein schrecklicher Albtraum sein, oder?! Bitte lass mich aufwachen!" Jetzt schluchzt sie nur noch. *Davor stand sie unter Schock und erst jetzt wird ihr alles so richtig bewusst.* Wie schrecklich das für sie sein muss. *Das ist Pascal auch bewusst.*

„Keine Sorge, alles wird gut. Ich weiß zwar selber nicht wie dir dieser Satz helfen soll, aber ich will irgendetwas Aufmunterndes sagen, aber mir fällt nichts Besseres ein."

Mir würde auch nichts Besseres einfallen. Hörst du das auch? *Natürlich höre ich den Krankenwagen auch! Ich teile mir mit dir doch ein Gehör! Was für eine dumme Frage.* Chakro, das sollte auch mehr eine rhetorische Frage sein. *Mann, Alicia du weißt doch, dass es mir schwer fällt, so etwas zu erkennen.*

„Endlich kommt der Krankenwagen, Jessica!"

Chakro, was machen wir eigentlich, wenn sie ins Krankenhaus gebracht wurde? Wir können ja nicht einfach mit dem Krankenwagen mitfahren. *Es muss doch aber irgendwie möglich sein, den Ort zu wechseln ohne gesehen zu werden.* Ich stelle mir vor, dass ich nun unsichtbar werde und wie ein Vogel abheben kann. *Lol, das funktioniert!* Ich wollte schon immer einmal fliegen. *Und nun folge dem Krankenwagen!* Jetzt brauchen wir uns auch keine Sorgen mehr zu machen, falls wir auf gefährliche Gestalten treffen sollten. *Ab sofort verschwinden wir nun einfach, wenn Gefahr droht.* Man kann doch auch sicherlich die Zeit vorspulen. *Ja, das denke ich auch, aber eine Regel gibt es dann doch noch. Und zwar wären wir nicht in der Lage, die Zeit zurückzuspulen. Das heißt, wir könnten die richtige Stelle verpassen und müssten dann warten, bis die Geschichte wieder von vorne beginnt.* Lass es uns trotzdem ausprobieren! *Meinetwegen.* Ich brauche mir einfach nur vorzustellen, dass die Zeit um uns herum schneller vergeht. *Wie schnell die Sonne wandert!* Ein Sonnenaufgang und ein Sonnenuntergang nach dem anderen. *Das reicht.* Okay. Es müssten nun zwei Tage nach dem Unfall vergangen sein. *Und es ist Morgen. Jetzt gehe in das Krankenhaus hinein.* Du meinst fliegen! Wie schön sich das anfühlt. Und die ganzen Leute, die aus den Eingang des Krankenhauses strömen, sehen mich gar nicht. Jetzt brauchen wir uns gar keine Sorgen mehr zu machen, entdeckt zu werden. Aber wie finden wir jetzt Jessica? *Wir fliegen einfach ein bisschen herum, vielleicht stoßen wir ja so auf irgendjemanden.* Dieses Gefühl durch die Säle zu schweben, ist so neu für mich. *Für mich ist dieses Gefühl so vertraut, so normal.* Das hast du also dein Leben lang gemacht, bevor du auf mich getroffen bist. *Genau. Durch die Welt geschwebt und niemand hat mich dabei gesehen.* Ist das dort vorne nicht Pascal? *Ich habe doch gesagt, dass wir so auf jemanden stoßen.* Ich glaube, er führt Selbstgespräche. *Dann können wir mitbekommen, was ihm so durch den Kopf geht.*

„Ich muss sie besuchen gehen. Ich muss, Pascal! Aber sie wird so sauer auf mich sein. Scheiße, was mache ich nur?!"

Er traut sich nicht, Jessica zu besuchen. *Verständlich. Jetzt steht er auf. Und läuft in den Fahrstuhl.* Das heißt, er traut es sich. *Wir müssen versuchen, auch in den Fahrstuhl reinzukommen.* Geschafft. *Nun laufen wir ihm einfach hinterher.* Du meinst, schweben! *Ja, Alicia, dann eben schweben.* Jetzt stoppt er vor einem Zimmer. *Da muss sie drinnen liegen.* Aber er zögert ganz schön lange. *Ich höre Schritte hinter uns.* Das ist Anette, aber ohne schwarzen Umhang. *Ja, denn mit ihrem alten Look würde sie hier im Krankenhaus sehr stark auffallen.* Sie läuft auf Pascal zu.

„Bist du dieser Pascal?! Der Mörder von meiner Schwester! Was fällt dir nur ein! Du willst dich wohl entschuldigen bei meiner Nichte! Ich würde das lieber lassen an deiner Stelle. Sie ist nämlich noch wütender auf dich als ich. Das arme Ding weint schon die ganze Zeit über ihr Schicksal. Manchmal sind es Tränen vor Trauer, doch meistens vor Wut. Als du sie das letzte Mal gesehen hast, stand sie völlig unter Schock, daher wirkte sie für dich wohl eher zurückhaltend. Doch ich würde dir raten, lieber zu verschwinden."

Lauf ihm hinterher. Schon dabei. *Der Saal ist leer.* Na dann muss ich mich wohl jetzt von dem Fliegen trennen. *Endlich.* So, jetzt können sie uns wieder alle sehen. *Und hören.*

„Pascal, bleib stehen!"

„Wer bist du?"

„Ist doch egal, wer ich bin. Fakt ist, dass das gerade eben nicht die Tante von Jessica war. Du musst zu ihr gehen. Es ist doch deine Aufgabe, dich wenigstens zu entschuldigen."

„Woher zum Teufel weißt du von Jessica?!"

„Diese Frau eben wollte dich nur davon abhalten, das einzig Richtige zu tun. Und jetzt bin ich gekommen, um deine Meinung wieder rückgängig zu machen."

„Eigentlich müsste ich mich wundern, woher du mich überhaupt kennst. Aber mir ist es gerade so was von egal."

„So und jetzt gehen wir wieder zurück und du besuchst…"

„Aber…Ich weiß ja nicht einmal, was ich erwidern kann."

„Es kann doch gar nichts passieren. Ich meine, noch schlimmer kann dein Leben gar nicht werden." „Da hast du Recht. Okay, dann gehe ich jetzt wieder zurück. Tschüss Mädchen, welches ich nicht kenne, aber welches mich dafür kennt."

Und jetzt? *Nun suchen wir uns einen Ort, wo niemand sieht, wie du dich wieder unsichtbar machst.* Dort hinten. *Gut.* Was, wenn Pascal uns nur angelogen hat und sie doch nicht besuchen geht? *Ich glaube nicht, dass das passieren wird.* Hoffentlich hast du Recht. *Und schon bist du wieder unsichtbar.* Wie toll! *Naja, geht so.* Wenn man schwebt, fühlt man sich so leicht. *Und man ist auch viel schneller unterwegs.* Dort ist Pascal. *Und ich hatte Recht.* Wie immer. *Ja, wie immer.* Und nun ist er auch schon in Jessicas Zimmer verschwunden. Denkst du, ich kann auch durch Wände laufen? *Die Antwort wirst du auf jeden Fall gleich erfahren.* Lol, das funktioniert! *Ich hoffe, das Gespräch wird jetzt spannend!* Jetzt erleben wir hautnahes Kino.

„Wie nett, dass du mich besuchen kommst."

Von wegen, Jessica ist sauer! Aber diese ganzen Taschentücher. *Sie muss so viel geweint haben.* Dafür strahlt sie jetzt. *Aber trotzdem sieht sie mitgenommen aus.* Was auch Pascal sieht.

„Es tut mir so unfassbar leid. Ich habe dein ganzes Leben ruiniert."

„Ich kann nicht mehr richtig schlafen. Die ganze Zeit spielt sich vor meinen Augen nur diese eine Szene ab: wie sich plötzlich das Auto überschlägt. Ich habe auf mein Handy geschaut und auf einmal höre ich meine Mutter schreien. Und dann… Und dann sehe ich, wie ihr Kopf getrennt wird. Ich habe sie für immer verloren. Dagegen ist die Wunde an meinem Arm ja völlig lächerlich. Die wird irgendwann verheilt sein, aber diese Bilder werden in meinem Kopf für immer bleiben. Für immer. Wir kamen gerade aus dem Urlaub. Es war eine wunderbare Zeit. Alles war in Ordnung. Und dann ganz plötzlich ist alles weg. Alles verloren."

„Bei mir ist es genauso."

„Wieso bist du so zurückhaltend? Hast du Angst vor mir?"

„Also eigentlich schon."

„Ich bin so froh, dass du gekommen bist. Du dachtest sicherlich, dass ich dich anschreien würde und dich fertig machen würde. Aber ich weiß, dass du kein Arschloch bist. Nein, du selber leidest gerade enorm. Andere Menschen in meiner Situation würden sich vielleicht darüber freuen aus Rache. Aber ich bin irgendwie gar nicht so. Irgendwie weiß ich, dass du ein guter Mensch bist."

„Du bist der erste Mensch, der nett zu mir nach dieser Scheiße ist."

„Wirklich?! Du tust mir gerade selber enorm leid.

Hattest du nicht gesagt, dass du erst vor kurzem 18 geworden bist?!"

„Ja das bin ich. Aber meine Geschenke von meinen Verwandten habe ich erst gar nicht zu Gesicht bekommen."

„Wie schrecklich."

„Sie sind alle so enttäuscht von mir. Und ich selber auch. Wieso musste ich nur an diesem Abend Alkohol trinken?! Ich hasse mich so sehr. Und Alkohol. Nie mehr in diesem Leben rühre ich diesen Mist an! Er hat mein ganzes Leben zerstört. Ich habe einen Menschen umgebracht. Ich! Ich bin ein Mörder! Aber weißt du, was den Schmerz viel größer macht? Wenn du von allen Seiten zu hören bekommst, wie sehr sie enttäuscht von dir sind! Es tut weh, wenn niemand zu dir hält. Und unter diesem Schmerz zerbrichst du völlig."

„Was ist mit deinen Freunden? Sie müssen doch zu dir halten."

„Ich habe seit dem Unfall nichts mehr von ihnen gehört."

„Also, wenn du mich fragst, scheinen sie nicht unbedingt die besten Freunde zu sein. Außerdem, wieso musstest du derjenige sein, der an diesem Abend fährt?! Du hattest Geburtstag!"

„Also eigentlich wollte ich ja fahren."

„Jetzt verstehe ich: weil du das erste Mal ohne eine Begleitperson fahren konntest! Aber das bedeutet dann ja auch, dass du dein Führerschein eigentlich ganz umsonst gemacht hast."

„Noch eine Sache, die die Katastrophe für mich größer macht. Und dazu kommt noch, dass ich das Leben von so einem wundervollen Mädchen zerstört habe, welches so nett und lieb ist. Und sie es so was von gar nicht verdient hat. Ich habe so ein schlechtes Gewissen."

„Aber deine Freunde sind auch nicht so ganz unschuldig. Ich meine, ich kann nachvollziehen, dass dich deine Freunde dazu verleitet haben mehr zu trinken, als du eigentlich wolltest. Und es war nicht fair von ihnen, dich so im Stich zu lassen."

„Ja, da hast du Recht. Ich glaube, sie sind doch keine wahren Freunde. Als ich sie dann nach Hause fahren sollte, haben sie die ganze Zeit gebrüllt, ich solle schneller fahren. Daraufhin habe ich auch Gas gegeben, aber etwas konnte ich mich dann doch bremsen. Wäre ich so schnell gefahren, wie sie wollten, dann wären wir jetzt auch alle tot."

„Ich habe dir vor zwei Tagen gar nicht angemerkt, dass du angetrunken warst."

„Tja, der Alkoholtest hat dann aber danach doch gezeigt, dass ich etwas zu viel Alkohol im Blut hatte."

Wie spannend das Gespräch ist! *Ich stehe eher auf Action.* Aber schau doch nur, wie romantisch, die beiden nebeneinander auf dem Boden sitzen, und sich an der Wand anlehnen. *Alicia, ich sehe alles aus deinen Augen, da kann ich gar nicht wegschauen.* Und jetzt genießen sie gerade einfach nur die Stille und halten diesen wunderbaren Augenblick fest. *Darf ich dich daran erinnern, dass du vorhin weinen musstest, als sie über den Unfall erzählt haben.* Ja, das war ja auch traurig. Und jetzt nimmt er ihre Hand!

„Danke, dass ich dich besuchen gekommen bin."

„Geht das Danke an dich selber?"

„Unter anderem."

Und unter anderem auch an uns!

„Es gibt immer Nachteile an irgendeiner Sache. Immer. Aber was es auch ebenso gibt, Pascal, sind Vorteile. Die

Kunst der Optimisten ist es einfach, sich nur auf diese guten Dinge zu konzentrieren." „Du bist gerade der wichtigste Mensch in meinem Leben."

„Du für mich auch. Denn dein Leben war zu dir gerade genauso Scheiße wie zu mir. Plötzlich sind unsere Leben zerstört. Von der einen Minute zur anderen, plötzlich die totale Wendung. Doch das Leben geht weiter und es ist auch gut, wenn man nicht weiß, was als nächstes auf einen zukommt. Denn das macht das Leben erst richtig spannend."

„Du hast vollkommen Recht."

„Es tut einfach gut, mit jemandem zu reden, der einem nicht nur mitleidend anschaut und sich gar nicht vorstellen kann, wie schlimm es wirklich ist."

„Es tut gut mit jemandem zu reden, der einen mitleidend anschaut, und nicht vollkommen enttäuscht." Jetzt lächeln sie sich an.

„Ich glaube, ich bin dir noch etwas schuldig." Und jetzt küsst er sie. *Wieso pocht da jetzt dein Herz auch so laut mit?! Es muss sich so wundervoll anfühlen. Wenn seine Lippen plötzlich deine berühren. Und du Gänsehaut bekommst. Stell dir vor, Kilian würde mich küssen. Alicia, das wird niemals passieren! Aber es würde trotzdem so perfekt sein! Solange es nur dein Schwarm ist und du nur von ihm träumst!*

„Das Schicksal hat es so gewollt, dass wir zusammen finden. Und wir sind für alle Leute ein Beispiel, dass man das Beste aus seinem Leben machen kann."

„Wenn jemand sich über irgendeine Kleinigkeit aufregt, dann können wir darüber nur lachen."

„Ich habe meine Mutter verloren."

„Meine Familie hasst mich."

„Das Leben war auf einmal Scheiße und wollte uns

einschüchtern. Doch so einfach geht das nicht. Und ab sofort geben wir es dem Leben zurück. Wir zeigen ihm, dass wir uns nicht so leicht einschüchtern lassen!"

„Ich liebe dich so sehr."

„Ich dich auch."

„Aber wenn wir irgendwann Kinder haben, dann werden sie sich sicherlich fragen, was mit ihrer Großmutter passiert ist."

„Und wir können ihnen erklären, dass sie ohne dieses Ereignis erst gar nicht auf die Welt gekommen wären."

Ich glaube unsere Arbeit ist somit verrichtet. *Das war sie schon, als Pascal durch uns umgekehrt ist.* Ja, aber das war doch gerade rührend! *Na, wie du meinst.*"

Und so sehnte sich Alicia noch mehr nach ihrer Liebe des Lebens, was Chakro ihr am nächsten Morgen bestätigte.

„Und weißt du noch, was du diese Nacht geträumt hast? Nein, wieso? *Es war auf jeden Fall äußerst interessant. Du warst nämlich auf einer Party und du hast dich über den Alkohol beschwert.* Weil ich gestern gedacht habe, dass Alkohol scheiße ist! *Es kommt aber noch besser! Auf dieser Party war natürlich auch dieser Kilian. Er hat gehört, wie du über Alkohol gelästert hast und hat dann irgendwie sogar mitgelästert.* Das klingt spannend, aber was denkst du, wieso wir Menschen überhaupt träumen. *Träume haben da nach meiner Meinung mehrere Funktionen. Aber eine ist sicherlich, deine Gehirnzellen abzulenken, denn sie brauchen alle unterschiedlich viel Schlaf. Je mehr Gehirnzellen wach werden, umso realistischer und intensiver werden auch deine Träume. Dein Körper braucht außerdem viel mehr Schlaf als deine Gehirnzellen. Im Tiefschlaf*

jedoch schlafen sie beide, dann ist es recht langweilig für mich, denn in deinen Gedanken passiert nichts. Wenn dann allerdings deine Träume beginnen, wird es ganz amüsant, was dein Kopf so alles zusammen reimt, um deinen Körper in Ruhe weiter schlafen zu lassen. Außerdem verarbeitest du natürlich auch deine ganzen neuen Erfahrungen. Aus deinen Träumen kann ich viel über dich deuten. Wie die Tatsache, dass du dir einen Freund wünschst, der zu dir passt, daher war dein Kilian äußerlich zwar der aus der Schule, aber innerlich doch ganz anders. Ich meine, ihr habt beide darüber geredet, wie sinnlos Alkohol ist! Wie gut, dass ich jetzt einen Traumdeuter besitze! Aber was, wenn Träume auch die Zukunft voraussagen können? Und Kilian wirklich innerlich ganz anders ist?"

Dass Träume die Zukunft voraussagen können, wäre mir neu. Aber trotzdem lag Alicia gar nicht so falsch mit ihrer Vermutung, dass Kilian innerlich anders war, als man vielleicht aufgrund seiner schlechten Taten annahm. Immerhin bekam Alicia in der Schule durch Pia mit, dass Kilians Vater eine Zahnarztpraxis besaß. Irgendwas musste hier also gewaltig nicht stimmen. Pia war derselben Meinung. Und sie war es, die auf die pfiffige Idee kam, sich das Gefäß des Charakters von Kilian anzuschauen. Daraufhin verließ Chakro Alicia und schaute sich Kilians Charakter an, der sich erstaunlicherweise in ein paar Eigenschaften nicht von dem Alicias unterschied; so war er zum Beispiel humorvoll, herzlich, träumerisch gar. Dagegen war ein Großteil der restlichen Eigenschaften das volle Gegenteil im Vergleich zu Alicia. Doch diese Eigenschaften zusammen harmonierten überhaupt nicht miteinander. Er war humorvoll, aber gemein. Herzlich, aber unhöflich. Er war träumerisch, aber realistisch. Er war einfach nur geheimnisvoll!

Aber werfen wir nun einen Blick auf Pia, als für sie am Mittwoch nach der Schule das Abenteuer begann. Sie fuhr mit Frau Roth zu Anette. Diese war eine eher reichere Frau und liebte Luxus. Was Pia clever ausnutzte, denn sie würde die Putzfrau für Anette spielen. Dadurch konnte Pia ins Haus gelangen und Kontakt mit Anette aufbauen. Frau Roth spielte bei dieser Mission nur den Fahrer. Aber vielleicht würde es noch von Vorteil sein, dass Anette Frau Roths Gesicht nicht kannte.

Pia drückte das Klingelschild: „von Droste-Hülshoff". Ja, sie war eindeutig richtig. Doch es stellte sich heraus, dass sie nicht die einzige Person war, die das Haus sauber machen musste. Stattdessen war sie mit einem Jungen zusammen. Er würde ihr die Suche nach Hinweisen im Haus deutlich erschweren. Doch davon ließ sie sich nicht einschüchtern, stattdessen versuchte sie das Vertrauen zu Anette zu gewinnen. Dafür musste sie aufgeschlossen und freundlich wirken. Das hatte Pia extra nachgelesen. Aber für sie war dies natürlich überhaupt kein Problem, denn sie konnte auch ausgezeichnet gut schauspielern. Trotzdem war Pia nicht zu neuen Informationen gekommen und jetzt musste sie erst einmal die Wohnung sauber machen. Sie war gerade auf der Toilette, während der Junge die Fenster putzen musste. Bei ihrer Aufgabe ließ sie natürlich ihren Gedanken freien Lauf. Woran sollte sie auch bei solch einer langweiligen Aufgabe denken?

„Ich frage mich, wie ich jemals einen Freund finden werde. Ich meine, ich habe es noch nicht einmal geschafft eine beste Freundin zu finden, die zu mir richtig gepasst. Klar mag ich Alicia sehr. Aber sie ist natürlich ganz anders als ich. Ich hoffe, dass ich niemals so werde wie sie, was das Thema Liebe angeht. Kilian hat Alicia völlig unter Kontrolle. Ich finde den Gedanken erschreckend, dass dich Liebe blind machen kann. So sehr, dass du nicht mehr selber über dein Leben entscheiden kannst und alle Fehler von deinem Partner übersiehst. Er könnte alles Mögliche anstellen und du würdest es nicht einmal mitbekommen, weil du einfach hin und weg von ihm wärst. Was für ein grässlicher Gedanke! Jetzt kommt auch noch dieser Typ vom Fensterputzen mich besuchen. Was will der denn jetzt?!

„Das machst du aber gut."

Sein Ernst?! Was ist denn jetzt so schwer daran ein Klo sauber zu machen? Aber ich kann ja trotzdem versuchen mehr über ihn zu erfahren.

„Wie alt bist du?"

„Ich bin 18. Und du?"

„16. Machst du das hier nebenbei, um dir ein bisschen Kohle zu verdienen?"

„Also eigentlich wollte ich mir nach dem Abitur ein Jahr Auszeit nehmen, um in Ruhe nach dem Richtigen zu suchen. Und nebenbei arbeite ich hier ein bisschen. Ich bin jeden Tag von 12 bis 20 Uhr hier."

Das ist krass. Ich meine, dass Anette so auf ein sauberes Haus steht. Findet man da überhaupt noch schmutzige Ecken, wenn es so oft sauber gemacht wird?

„Aber wieso ausgerechnet Putzfrau? Ist das nicht eher ein Mädchending?"

„Gute Frage."

Natürlich ist das eine gute Frage. Ich stelle nur gute

Fragen.

„Ich hatte halt einfach Bock drauf."

„Was heißt hatte?"

„Irgendwann wird es langweilig."

Bei mir war es das schon als ich angefangen habe.

„Ich gehe dann nach unten, um die nächsten Fenster zu putzen."

„Viel Spaß."

Und dann geht er auch schon. Er ist eigentlich recht hübsch mit seinen langen schwarzen Haaren und seinen blauen Augen. Aber warte einmal! Wenn ich genau hinhöre, geht dieser Junge gerade nach oben und nicht nach unten, wie er gemeint hat. Lass mich ihm folgen und nachschauen, was er so treibt und wieso er mich soeben angelogen hat.

Er geht tatsächlich wieder nach oben. Aber dieses Mal nicht in denselben Raum, wo er die Fenster geputzt hatte. Wenn ich mich nicht recht täusche, müsste das das Schlafzimmer von Anette sein. Das wird ja spannend hier! Was, wenn er was klaut und ich ihn auf frischer Tat ertappe? Doch jetzt schließt er die Tür zum Schlafzimmer! Mist, nun kann ich nicht sehen, was er dahinter macht. Das Schlüsselloch ist auch viel zu klein! Vielleicht sollte ich einfach die Tür öffnen und ihn fragen, was er vorhat. Und das mache ich jetzt auch! Auf frischer Tat ertappt! Er wühlt in der Kommode herum und wendet mir seinen Rücken zu. Er wird sich sicherlich erschrecken, wenn ich mich jetzt räuspere. Und ja, Recht gehabt! Er blickt mich entsetzt an.

„Ich dachte, du wolltest unten die nächsten Fenster putzen?"

„Es ist nicht das, wonach es aussieht."

„Und was ist es dann?"

63

„Ich will einfach nur wissen, wieso Frau Droste-Hülshoff so reich ist. Ich meine, dieser Kamm hier sieht wie aus einem Märchen aus und diese restlichen Schmuckstücke erscheinen mir so seltsam. Was, wenn sie vom Schwarzmarkt stammen? Du kannst mir vertrauen. Ich würde niemals etwas klauen. Ich finde das einfach nur äußert spannend. Das kannst du wahrscheinlich gar nicht nachvollziehen."

Und wie ich das kann. Mich würde so was auch voll und ganz interessieren. Der Unterschied ist nur, dass ich die Antwort auf seine Frage kenne.

„Keine Sorge, ich werde niemandem hiervon verraten. Aber was hast du schon so alles über sie herausbekommen? Als was arbeitet sie?"

„Zu mir hat sie gemeint, dass sie Ärztin in einem Krankenhaus ist. Doch durch Zufall habe ich sie eines Morgens gesehen, wie sie zu einem kleinen abgelegenen Haus gefahren ist."

Durch Zufall. Es scheint so, als wüsste dieser Junge mehr, als er gerade von sich Preis gibt. Doch er darf nichts von meinem Verdacht mitbekommen und muss denken, dass ich ein kleines süßes Mädchen bin, welches blauäugig und völlig naiv durch die Welt läuft. Dann wird dieser Junge mir unbewusst nämlich mehr von sich selbst aus erzählen. Dieser Junge. Wie heißt er eigentlich?

„Wie ist eigentlich dein Name?"

„Timo."

„Ich bin Pia."

„Aber was macht sie nur in diesem Häuschen?"

In die Dimension der Fantasien reisen, um noch reicher zu werden. Dort gibt es in einigen Geschichten nämlich viel Geld und anderen Reichtum zu klauen. Aber das kann ich Timo natürlich nicht verraten.

„Ich weiß es nicht."

„Vielleicht bekommen wir es ja zusammen heraus. Wie auch immer. Ich würde gerne mehr über dich erfahren. Erzähl mir mehr über dich."

Was soll ich über mich sagen?

„Ich habe ehrlich gesagt keine Ahnung, was ich über mich sagen könnte."

Ich kann ja nicht von meiner Leidenschaft erzählen, wie sehr ich Leute beobachte. Das würde ja sehr abstoßend ankommen. Wobei sich dieser Timo ja auch sehr gerne für andere Leute zu interessieren scheint.

„Hattest du zum Beispiel schon einmal einen Freund?"

Wofür interessiert sich denn dieser Junge?!

„Noch nie. Ich bin schon mein Leben lang Single."

„Ich auch. Hast du viele Freundinnen?"

„Eigentlich nicht."

„Aus dem Grund, weil niemand so ähnlich ist wie du?"

„Ja."

„Versetzt du dich auch gerne in andere Leute, um zu verstehen, wieso sie in bestimmten Situationen so handeln?"

„Ja."

„Und bist du sonst eigentlich diejenige, die anderen Fragen stellt?"

„Aber so was von."

„Du bist exakt wie ich."

„Das ist echt krass. Vorhin habe ich nämlich darüber nachgedacht, wie schwer es mir fallen wird, irgendwann jemanden zu finden, der so ähnlich ist, wie ich. Doch jetzt bin einfach auf so eine Person durch Zufall gestoßen!"

Wie glücklich er mich gerade anlächelt. Ich weiß nicht

wieso, aber ich vertraue ihm. Eigentlich würde ich normalerweise an allem zweifeln, was er sagt. Er könnte mich doch anlügen. Aber irgendwie weiß ich, dass er die Wahrheit sagt. Verrückt.

„Ich glaube wir müssten nun weiter arbeiten."

Da hat er wohl Recht.

„Aber wir können uns ja dabei noch mehr kennen lernen.""

Und genau das machten sie auch. Es war erstaunlich, wie sehr die beiden zusammen passten. Sie hatten denselben Musikgeschmack, mochten das gleiche Essen und vertraten dieselbe Weltauffassung. Es reichte aus, wenn einer von den beiden davon berichtete, denn der andere stimmte diesen Aussagen nur zu. Sie unterschieden sich kaum. Während Pia sich zu Beginn danach gesehnt hatte, dass die Zeit schneller verging, bedauerte sie auch schon bald, dass die Zeit für sie viel zu schnell voranschritt. Aber dann waren die zwei Stunden, die sie verbracht hatte, auch schon wieder vorbei und sie musste Timo verlassen. Umso mehr freute sie sich auf den nächsten Tag, denn sie würde wiederkommen. Morgen würde der Garten von Anettes Haus warten. Ja, genau der Garten, welcher auf dem Bild von Instagram zu sehen gewesen war.

4. Kapitel: Die schreckliche Party

Am nächsten Morgen in der Schule:

„Am Montag waren wir das letzte Mal in der Dimension der Fantasien. Ja, ich weiß, wir sollten bald wieder dorthin reisen. Aber die Schule ist gerade so stressig und

meine Eltern dürfen davon nichts mitbekommen. Doch morgen ist Freitag und wir können ja gleich mehrere Geschichten in Ordnung bringen. *Da kommt Pia.* Endlich! *Wie sie strahlt.* Ja, irgendetwas muss passiert sein.

„Alicia, ich weiß jetzt, wie es sich anfühlt, wenn man verliebt ist."

„Ach, ja? Es ist ein so nerviges Gefühl!"

„Nein! Ganz und gar nicht. Man fühlt sich plötzlich nicht mehr so einsam, denn man weiß, dass es eine Person gibt, die dich vollkommen versteht, weil sie genauso ist wie du."

„Was habe ich denn eigentlich verpasst?"

„Gestern war ich nicht alleine bei Anette. Ich habe zusammen mit Timo das Haus gereinigt. Er ist einfach genauso wie ich. Ich habe mich noch nie so lange mit jemandem unterhalten können, ohne dass es irgendwie langweilig geworden ist. Ist das mein Handy, das klingelt?"

Ja, das ist es.

„Das ist Timo."

Ich habe Pia noch nie so strahlend erlebt. Selbst bei ihr läuft es besser als bei mir. *Freue dich doch für sie.* Mache ich auch. *Und wieso lässt Pia uns jetzt eigentlich hier an den Spinden so alleine stehen?* Na, sie will an einem stillen Ort mit ihm telefonieren. *Ich merke, wie sehr sich dein Herz gerade nach der Liebe sehnt. Ich spüre diesen Schmerz auch, Alicia!* Was soll ich denn dagegen machen? *Ich habe keine Ahnung.* Wie gern ich Kilian jetzt über den Weg laufen würde. *Wäre ja rein theoretisch möglich.* Aber nicht, wenn man daran denkt, dass es passieren könnte. Oh mein Gott! *Wie laut kann denn eigentlich dein Herz pochen?!*

„Hallo, Alicia."

Jetzt lächelt er dich breit an, weil du ihn starr wie ein Stein anschaust.

„Ich finde es echt süß, wie du mich anstarrst."

„Mich nervt es."

„Das tut mir leid, dass ich dich nerve."

„Was ist das für ein Zettel?"

„Dort steht meine Nummer drauf. Kannst mich ja nachher einmal anschreiben. Was ich dich aber eigentlich fragen wollte ist, ob du morgen Bock hättest mit mir feiern zu gehen?"

Das machst du nicht. Also lass uns verschwinden. Ich will erfahren, was Pia gestern über Ane... Aber ich will! *Alicia?!*

„Ich würde mich echt freuen mitzukommen."

„Mich freut es auch. Mein Bruder würde dich dann auch nach Hause fahren und auch abholen. Du brauchst dann nur noch deinen Ausweis. Wegen dem 'Muttizettel' brauchst du dir keine Sorgen zu machen. Ich fälsche dir einen. Wir werden viel Zeit haben, uns besser kennenzulernen."

„Und was zieht man dort an?"

„Mir ist das völlig Rille. Du bist in allen Klamotten ein wunderschönes Mädchen. Und ich werde morgen auf jeden Fall immer an deiner Seite sein. Also mach dir keine Sorgen. Das wird ein ganz besonderer Abend werden."

„Ja, das wird es!"

„Nun wird es Zeit zum Unterricht zu gehen."

„Aber es sind noch 5 Minuten Zeit."

„Nur noch 5 Minuten?! Tut mir leid. Ich muss jetzt gehen. Tschüss."

„Auf Wiedersehen."

Nein, jetzt verschwindet er! *Alicia, was hast du da gerade nur getan?! Wollten wir nicht eigentlich in die Dimension der Fantasien reisen?! Und was denkst du, was du auf dieser Party machen wirst?! Dort sind doch nur Vollidioten! Nur solche Arschlöcher wie Kilian. Du wirst dich richtig krass unwohl fühlen! Da kommt zum Glück Pia. Sie wird sicherlich auch nicht begeistert sein.*

„Na, Alicia, wie war dein Gespräch mit Kilian?"

„Woher weißt du das? Er kann dir doch gar nicht begegnet sein."

„Man sieht es dir an deinem Gesicht an. Du strahlst so, wie du nur strahlst, wenn du an ihn denken musst. Und außerdem habe ich ihn vorhin gesehen, als ich mit Timo telefoniert habe. Er hat mich auch gesehen. Also dachte ich mir schon, dass er seine Chance ergreifen würde und dich aufsuchen würde, denn nun war niemand da, der dich beschützen konnte."

Sind wir alleine bei den Spinden? Ja.

„Pia, du wirst nicht glauben, wohin ich morgen Alicia begleiten muss! Sie wird mit ihm feiern gehen."

„Und das willst du auch wirklich machen, Alicia?! Weißt du eigentlich wie gefährlich das werden kann?"

„Aber Kilian ist doch mit bei mir."

„Diese Liebe! Aber, wie du meinst, ich will dich nicht davon abhalten."

„Aber sie wird es sicherlich bereuen!"

„Chakro, Alicia hat doch dich. Sie kann sich also gar nicht langweilen. Und Alicia wird eh nicht auf uns hören, also lass sie lieber selber Fehler machen, aus denen sie lernen kann."

„Ich werde es nicht bereuen. Ich vermisse Kilian schon jetzt! *Es ist krank, wie verrückt du nach ihm bist!* Hätte er nicht noch ein paar Minuten länger bei mir bleiben können?! Aber ich will ihn ja auch nicht davon abhalten sich auf den Unterricht vorzubereiten."

„Alicia! Wie naiv kann man eigentlich sein! Als ob er sich auf den Unterricht vorbereiten würde! Er muss noch einmal eine rauchen. Kilian ist diese Art von Typ und das muss in dein Gehirn endlich reinkommen! Vielleicht ändert er sich für dich. Wenn er das tut, dann liebt er dich wirklich und wenn nicht, dann lasse ich nicht zu, dass du länger mit ihm abhängst!"

Wieso müssen alle auf mich schimpfen?! Ich kann doch nichts dafür, dass ich ihn liebe! Ich würde auch gerne wieder frei sein!

„Alicia, jetzt weine doch nicht. Komm in meine Arme. Es wird alles sicherlich gut werden und wir finden schon deine Liebe des Lebens."

„Danke, dass ich dich habe."

„Genau! Erfreue dich daran, was du hast und nicht, was du gerne hättest. Denn du hast mich, deine erste Freundin."

„*Und auch mich! Mich darfst du nicht vergessen. Ich werde auch immer bei dir sein.*""

Alicia war nun nicht mehr allein und der nächste Abend würde interessant für sie werden. Aber werfen wir den Blick kurz auf Pia, bevor wir Alicia mit auf die Feier folgen. Denn im Garten von Anette musste der Wein geschnitten werden. Dafür kletterte Pia auf eine Leiter. Auf dieser blieb sie auch eine ganze Weile, bis sie irgendwann abrutschte und herunter fiel. Aber keine Sorge, dabei tat sie sich nichts. Ganz im Gegenteil:

„Sind das Timos Arme? Oh mein Gott, er hat mich aufgefangen! Er kann ja schnell reagieren. Und er muss echt stark sein, mich so halten zu können, ohne das

Gesicht zu verziehen. Wie er mich anlächelt. Es verzaubert mich, aber ich habe mich immer noch voll und ganz unter Kontrolle. Obwohl... Vielleicht bringt mich dieser Junge doch völlig aus der Fassung. Aber was ich trotzdem an dieser Beziehung einfach nur toll finde ist, dass wir uns nicht einmal die Liebe gestehen müssen, denn wir kennen uns schon so gut genug, um die Existenz unserer Gefühle zu kennen. Ich denke, dass er in diesem Augenblick genau dasselbe denkt. Es ist einfach verrückt, wie gut wir zusammen passen. Er ist einfach so ähnlich wie ich."

Pia hatte natürlich Recht. Timo dachte exakt dasselbe, wie sie. Sie brauchten sich gar nicht unterhalten, denn sie wussten über die Gedanken des anderen Bescheid. So lag Pia auch eine ganze Weile in seinen Armen. Sie schauten sich dabei einfach nur an und sagten kein einziges Wort. Dabei verging die Zeit wie im Flug. Und Timo merkte erst gar nicht, wie seine Arme langsam schmerzten. So sehr war er von Pia überwältigt. Irgendwann setze er sie jedoch auf den Boden ab. Aber eine Sache wollte Timo dann doch noch über sie wissen. Und zwar, was Pia gerne einmal werde würde. Er hatte zwar einen Verdacht, doch Timo wollte sicher gehen und diesen Verdacht bestätigen lassen. Also fragte er sie nach ihrem Traumjob, wodurch sich Timos Verdacht natürlich bestätigte. Und so kam es dazu, dass er Pia von seinem Traumjob erzählte, welcher haargenau derselbe war wie ihrer, mit dem Unterschied, dass er diesen Beruf bereits ausübte. Ja, er hatte gestern Pia angelogen. Eigentlich hatte er gemeint, gerade ein Jahr Pause zu machen, um den richtigen Beruf zu finden. Stattdessen wusste Timo seit Jahren, dass er irgendwann als Geheimagent nach gefährlichen Verbrechern suchen würde. Genau wie Pia. Timo war es eigentlich strengstens untersagt, jemanden davon etwas zu sagen. Es hieß ja nicht ohne Grund „Geheimagent". Aber Pia war natürlich eine Ausnahme. Außerdem hatte Pia schon längst damit gerechnet. Er war doch so ähnlich wie sie, da musste er sich einfach auch für diesen Beruf interessieren. Doch wieso war er bei Anette von Droste-Hülshoff? Es war klar, dass er den Beruf Putzfrau, ebenso hasste wie Pia diesen Beruf auch verabscheute. Wobei zusammen alles viel angenehmer war. Jedoch hoffte auch Timo auf wichtige Hinweise im Haus zu stoßen. Er sollte herausbekommen, wieso Anette so viel Geld besaß. Irgendetwas musste nicht stimmen, denn der Geheimdienst konnte nicht erkennen, woher ihr Reichtum kam. Und dieser war sehr groß. Schwer zu übersehen. Jedoch musste sie etwas verheimlichen, denn bei diesen Geldsummen, war der Preis für dieses Einfamilienhaus, in dem sie wohnte, lächerliche gewesen. Selbst, wenn dieses Haus jeden Tag geputzt werden musste, reichte das Geld auf ihrem Konto für deutlich mehr Luxus. Wieso besaß sie also so viel Geld und gab es nicht aus? Das verstand selbst Pia nicht. Diese Droste-Hülshoff musste doch nicht gleich die ganze Dimension der Fantasien ausrauben, wenn ihr der Reichtum eigentlich gar nichts brachte, wenn dieser nur auf dem Konto sichtbar war! Es gab weiterhin so viele ungeklärte und spannende Fragen für Pia. Wieso zum Teufel konnte sie denn überhaupt dorthin reisen und wieso wollte sie denn überhaupt dort alles zerstören?! Vielleicht zerstörte sie ja auch nur aus Versehen ein paar Geschichten, als sie diese ausraubte. Und da plötzlich alle Charaktere kein Geld mehr besaßen, gingen die Geschichten nicht gut aus. Aber das würde ja nicht mit dem Erlebten von Alicia zusammen passen. Was hätte es ihrem Reichtum genützt, als sie das kleine Geißlein festhielt?! Nein, das konnte nicht der Grund sein. Trotzdem sollte Alicia mit Chakro einmal bei der Geschichte Aladin vorbeischauen. Pia hatte nämlich die Vermutung, dass sich Anette sicherlich ein paar Wünsche erfüllen gelassen hatte. Was sie sich alles hätte wünschen können! Timo bekam natürlich mit, dass Pia sich viele Gedanken machte und sprach sie daraufhin an. Er ahnte zwar nicht, dass sie viele seiner Fragen beantworten konnte. Pia musste ihn also nicht einmal anlügen, aber trotzdem wäre an dieser Stelle eine gute Gelegenheit für Pia gewesen ihn aufzuklären. Aber sie entschied sich anders, denn sie war sich nicht sicher, ob dafür nun der richtige Zeitpunkt gekommen war. Denn es wäre der erste Unterschied zwischen den beiden. Timo hatte nicht die leistete Ahnung, dass die Dimension der Fantasien überhaupt existierte. Aber irgendwann würde Pia es ihm auf jeden Fall erzählen. Das stand fest.

Lassen wir etwas die Zeit verstreichen bis endlich Freitag war. Ein Tag (eigentlich die Nacht von Freitag zum Samstag) an dem viele schöne und auch nicht so schöne Dinge geschehen würden. Doch bevor dies passierte, musste Alicia natürlich noch in die Schule und dort traf sie auch auf ihre Liebe Kilian. Sie sprachen über den kommenden Abend und auch darüber, dass Alicia bei ihm übernachten würde, denn ihre Eltern durften von dieser ganzen Aktion nichts mitbekommen. Also hatte sie ihnen erzählt, dass sie bei ihrer neuen Freundin Pia übernachten würde. Davon waren ihre Eltern natürlich begeistert und konnten schlecht nein sagen. Stattdessen aber würde Alicia bei Kilian schlafen, allerdings deutlich später, als ihre Eltern denken würden, denn solche Feiern gingen sehr lang. Aber Alicia hatte ihren Eltern gesagt, dass sie erst am Nachmittag wieder kommen würde, sodass sie auch Zeit zum Schlafen finden würde. Vielleicht. Es war jedenfalls ihr Plan. Vielleicht. Wahrscheinlich war es dann doch der Plan von Chakro gewesen. Alicia war eh einfach nur viel zu aufgeregt, um sich im Klaren zu sein, worauf sie sich überhaupt freute. Jedoch traf Alicia in der Schule nicht nur auf Kilian. Nein! Als sie mit Pia unterwegs war, traf sie auf Frau Roth. Diese fragte sie, ob sie an diesem Tag endlich einmal wieder in die Dimension der Fantasien reisen würde. Immerhin war der Schulleiterin bewusst, wie lange das letzte Mal her war, als sie dort gewesen war. Doch Alicia konnte sie schlecht anlügen und aus dem Grund erzählte sie ihr von der Feier. Frau Roth war natürlich genau so wenig begeistert wie Chakro. Und du weißt, wie ungern Chakro auf diese Feier gehen wollte. Auch wenn er wusste, dass Kilian innerlich anders war als gedacht, mochte Chakro ihn einfach nicht. Denn Kilian lenkte Alicia ab und zwar zu sehr. Kein Wunder, dass Chakro von ihm genervt war! Die ganze Zeit dachte Alicia an ihn. Zwar war Chakro es sein Leben lang gewöhnt gewesen allein zu sein, er hatte aber jedoch schnell begriffen, wie schön es war, wenn man Freunde besaß und von ihnen Aufmerksamkeit bekam. Und in dieser Charaktereigenschaft unterschied sich Chakro gewaltig von Alicia, die nicht so gerne im Mittelpunkt stand. Chakro dagegen störte es nun, dass er nicht mehr die Aufmerksamkeit von Alicia wie früher bekam. Nur weil Chakros Form der von Alicias Charakter entsprach, hieß dies noch lange nicht, dass sie auch perfekt zusammen passten, so wie Pia und Timo. Chakro selber war nicht einmal ein richtiges Lebewesen, welches keinen richtigen Charakter besaß. Er war einfach nur ein Wesen. Das sollte man nicht vergessen. Und so würde es in naher Zukunft sicherlich zu einem Streit kommen. Doch dazu später.

Fokussieren wir unseren Blick wieder auf Frau Roth, denn sie war nicht nur unzufrieden mit Alicia, sondern auch mit Pia. Denn Frau Roth hatte durch Pia selber auch von Timo erfahren und war zu der Erkenntnis gekommen, dass zurzeit die beiden Mädchen enorm durch die Liebe abgelenkt wurden. Pia konzentrierte sich nach ihrer Meinung daher zu sehr auf Timo und ließ sich zu sehr ablenken. Ohne Timo wäre sie sicher viel aufmerksamer gewesen und hätte keine Details übersehen. Frau Roth nervte es mit anzusehen, wie die beiden Mädchen sinnlos ihre Zeit verplemperten, während die Zeit ununterbrochen voranschritt. Das konnte so nicht gut gehen. Also kam die Schulleiterin zu dem Entschluss 'die Zügel' in die Hand zu nehmen und auch selber etwas zu tun, was die Fantasie retten könnte. Sie konnte nicht einfach nur dumm da stehen und nichts tun. Um die Spannung jedoch zu erhöhen, werde ich dir natürlich an dieser Stelle nicht verraten, wie Frau Roth noch für eine interessante Wendung in dieser Geschichte sorgen wird. Vielleicht wird es ja sogar eine negative werden. Aber du wirst dich bis dahin noch gedulden müssen, denn nun folgen wir Alicia und Chakro endlich auf die Feier. Um neun wurde Alicia nämlich von Kilian und seinem Bruder abgeholt. Kilians Bruder war schon 24 und spielte den Taxifahrer. Er würde die beiden auch nachher abholen. Das war zumindest der Plan. Alicia hatte auf Befehl von Chakro, dieselben Klamotten, wie in der Schule an. Chakro wollte nicht, dass sie sich für ihn extra hübsch machte. Außerdem besaß Alicia auch keine anderen Klamotten, die schicker waren. Aber Kilian störte dies überhaupt nicht. Er wusste, wie anders sie im Vergleich zu ihm war, aber trotzdem liebte er sie einfach über alles. Nämlich genau aus diesem Grund, weil sie so anders war, was Kilian ihr um 21 Uhr gestand.

Da Kilian Dauergast war, kannten ihn alle und er konnte mit Alicia rein, bevor zwei Stunden später die Feier erst richtig begann.

Nun saßen sie in einer abgelegenen Sitzecke und unterhielten sich. Alicia fielen sofort die vielen Aschenbecher auf. Erst jetzt wurde ihr bewusst, wo sie sich überhaupt gerade befand. An einem Ort, der ihr gar nicht zusagte. Was machte sie eigentlich hier? Sie war viel zu vorbildlich und artig, um jemals Alkohol zu trinken oder gar zu rauchen. Und auf der Tanzfläche abgehen, das wäre auch nicht ihr Fall, denn sie würde es sich nicht trauen. Aber Kilian wusste, in welches Mädchen er sich verliebt hatte und er würde auf sie Rücksicht nehmen. Jedenfalls ein bisschen…. Aber zu diesem Zeitpunkt war Alicia noch in Sicherheit und Kilian gestand ihr nun:

„Ich weiß, Alicia was du für ein Mädchen bist. Du bist zurückhaltend. Aber genau das mag ich irgendwie an dir. Die ganzen anderen Mädchen, mit denen ich bisher zusammen war, waren alle so nervig und es hat mir Spaß gemacht, ihnen das Herz zu brechen. Aber dir könnte ich es gar nicht antun. Ich hätte sicher das schlechte Gewissen. Und außerdem, wieso sollte ich überhaupt mit dir Schluss machen wollen? Es gibt kein besseres Mädchen, als dich auf dieser Welt. Gestern habe ich das letzte Mal einem Mädchen das Herz gebrochen, denn nun habe ich endlich die Richtige gefunden."

Was für schöne Worte. Doch du kannst dir sicherlich vorstellen, was wohl Chakro in diesem Moment zu Alicia gesagt hat. Er fand Kilians Geschwafel natürlich maßlos übertrieben. Aber Alicia rührte es nur gewaltig und sie vertraute ihm. Was sie auch konnte. Auch wenn Kilian etwas in seinem Ausdruck übertrieb, war dies lediglich seine Art. Kilian liebte Alicia wirklich.

Mittlerweile war der Satz von Alicias Finger abgegangen und man erkannte nicht einmal die Spur davon. Aber Kilian erinnerte sich noch:

„Es gibt da eine Person, die dich extrem mag. Ich kenne da eine Person, die dies zurzeit tut. Doch was war vor mir? Jetzt kannst du mir verraten, wer diese Person ist, die dich außer mir noch extrem lieb hat. War Pia damit gemeint?"

„Nein."

Alicia antwortete nicht weiter, denn ihr war bewusst, dass sie nun von ihrer traurigen Vergangenheit erzählen musste. Doch davor hatte sie Angst und so zögerte sie. Kilian sah ihr die Angst allerdings im Gesicht an und lächelte sie aufmunternd an. Aber das verursachte in Alicia nur noch mehr Unsicherheit. Sie wollte nichts Falsches sagen. Sie konnte jedoch nicht ewig schweigen und so musste sie auf Kilians nächste Frage wohl oder übel antworten, welche lautete:

„Wieso hast du überhaupt die Schule gewechselt?"

Sie musste mit der Wahrheit herausrücken:

„Ich…ich wurde gemobbt."

Alicia blickte vom Boden in Kilians tiefe braune Augen hinauf. Sie glänzten vor Mitleid und bevor Kilian ihr jede einzelne Frage selber stellen musste, begriff Alicia, dass sie auch alles auf einmal erzählen konnte, denn da würde sie sowieso nicht herumkommen: „Noch vor zwei Wochen kannte ich es eigentlich gar nicht anders. Mich…mich konnten alle überhaupt nicht leiden. Also jedenfalls bekam man dieses Gefühl. Einigen hat es aber auch nur Spaß gemacht, mich zu beleidigen, weil ich immer gleich angefangen habe zu weinen und nichts erwidern konnte. Als ich diesen Grund irgendwann mitbekommen habe, habe ich versucht den ganzen Schmerz, den sie mir angetan haben, nicht sofort durch Weinen zu beseitigen. Dafür habe ich dann immer zu Hause geweint. Geweint und geweint. Durch das viele Weinen hatte ich nie irgendwelche Freizeit. Ich musste ja auch noch Schule machen. Darüber war ich sogar froh, denn so war ich abgelenkt. Abgelenkt von den drei Mädchen aus meiner Klasse zum Beispiel, welche mich jeden Tag anspuckten. Das war widerlich, aber noch gar nichts im Vergleich zu den Dingen, die ich dir jetzt nicht verraten werde, weil ich sonst völlig zusammenbreche und nicht mehr so schnell mit Weinen aufhören werde. Es ist vor allem schlimm, wenn du nicht einmal weißt, was du falsch gemacht hast. Irgendwann kommt es dir vor, als wäre es ein Missgeschick, dass du auf die Welt gekommen bist. Aber genau das ist das Ziel von denen. Die wollen genau, dass du dich so fühlst. Meine Eltern haben mich zu zich Psychologen geschickt. Aber niemand konnte mir helfen. Die wollten mir immer einreden, dass ich irgendwelche Sprüche erwidern muss und gar nicht zeige, dass ich so empfindlich bin. Aber dass ich so empfindlich bin, wusste ja sowieso schon jeder. Und außerdem war ich nicht in der Lage etwas zu erwidern. So etwas traute ich mir nicht. Ich bin nun einmal einfach so ein Mensch, der empfindlich ist. Daran kann man nichts ändern. Nur leider las meine Mutter vor ein paar Jahren in einem Buch von einem Mädchen, welches gemobbt wurde. Und sie wäre beinahe durch das Mobbing gestorben, denn sie wollte gerade Selbstmord begehen, als ihre Mutter sie zufällig dabei erwischte und so zum Glück retten konnte. Das Mädchen kam in eine Psychiatrie, wo sie wieder 'normal' wurde und eben dieses Buch schrieb. Meine Mutter hatte seitdem enorme Angst, sie könnte mich auch verlieren, weil ich mich selbst umbringen würde. Doch ich versicherte ihr tausendmal, dass das niemals vorkommen würde, weil ich nämlich anders war. Ich war anders als alle anderen Mobbingopfer. Denn ich selber war diejenige, die mir in dieser ganzen Zeit enorm half. Ich bin die Person, die mich extrem mag. Und ich selber habe erkannt, dass nicht ich diejenige bin, die für diese schreckliche Vergangenheit verantwortlich ist, sondern es sind diese ganzen Menschen gewesen, die mich nicht leiden konnten. Ich kann ja nichts dafür, dass sie gerne Leute beleidigen und nicht mit meinem Aussehen zurecht kommen. Jetzt kann ich dies auch mit mehr Überzeugung sagen, weil der Gedanke, dass es irgendwo da draußen Menschen außerhalb meiner Familie gibt, die mich mögen, nun wahr ist. Ich weiß jetzt, dass es Menschen gibt, die mich mögen. Dieser Schulwechsel war meine Erlösung und ich bin so dankbar, dass ich davor so stark gewesen war und es jetzt endlich alles ein Ende hat. Ich bin so dankbar, eine Freundin wie Pia gefunden zu haben. Und du kannst dir nicht vorstellen, wie unfassbar schön es sich anfühlt, wenn dir eine Person davon erzählt, wie sehr sie dich mag. Und du selber auch diese Person über alles liebst."

Alicia spürte nun die pure Erleichterung. Sie hatte es geschafft von ihrer Vergangenheit zu berichten. Natürlich hatte sie die ganze Zeit beim Erzählen Tränen in den Augen gehabt. Der Gedanke an diese schreckliche Zeit tat immer noch so unfassbar weh. Doch vor allem weinte Alicia in diesem Moment, weil ihr bewusst wurde, wie glücklich sie gerade sein konnte. Sie war so unfassbar dankbar für diese wundervolle Wandlung in ihrem Leben. Es waren Tränen vor Glück, welche aus Alicias Augen ununterbrochen strömten und ihr T-Shirt nass machten. Schon so oft hatte sie geweint, aber niemals, wirklich niemals, aus Freude. Und dann nahm Kilian sie endlich in den Arm, sodass dieses wundervolle Mädchen sein T-Shirt nass weinen konnte. Kilian hatte Mitleid mit ihr. Und er verstand selber nicht so ganz, wieso er ihre Geschichte so verdammt rührend fand. Solche Schicksale interessierten ihn sonst überhaupt nicht. Doch es handelte sich hierbei nun einmal um Alicia. Ein Mädchen mit einem so empfindlichen Herzen, welches man eigentlich ungern hassen konnte. Es sei denn, man beleidigt gern andere Leute. Doch um dieses Thema geht es jetzt nicht. Du kennst ja schon bereits Alicias Vergangenheit. Über Kilian dagegen weißt du noch fast nichts. Aber das wird sich nun ändern, es sei denn, du legst jetzt dieses Buch weg. Doch wieso solltest du das an dieser Stelle tun? Immerhin blicken wir nun in Kilians Gedanken:

„Dieses Mädchen! Ich bin verrückt nach ihr. Und ich glaube, es liegt daran, dass sie so schüchtern ist. Ich fühle mich bei ihr so überlegen. Und muss sie beschützen, vor dummen Menschen, die das arme kleine Ding fertig machen. Meine bisherigen Mädchen waren alle selbstbewusst und dachten, dass sie das sein müssen, wenn sie mit dem krassen Kilian zusammen sein wollen. Aber jetzt weiß ich ja endlich, worauf ich stehe. Auf ehrliche Mädchen. Und ich habe in den letzten Jahren gelernt, wie viele unehrliche Menschen es gibt! Ich habe meine Freundinnen dafür gehasst! Zum Glück habe ich wenigstens ihr Herz gebrochen, als ich mich plötzlich von ihnen getrennt habe. Es war einfach nur aus Rache.

„Und was muss ich über deine Vergangenheit wissen?"

Oh, jetzt will sie auch was über mich erfahren. Aber nur schlechtes, also wirklich nur schlechtes gibt es über mich zu erzählen: Ich bin Kilian. Ein Junge, der jedes Wochenende feiern geht und davon so zugedröhnt ist, dass er sich an eigentlich nichts mehr erinnern kann. Jedoch öfters durch die Polizei dran erinnert wird, dass er schon ganz schön viel Mist gebaut hat. Dieser Junge genießt gerade seine Jugend. Und zwar so sehr, dass er sicherlich nicht alt werden würde. Das darf ich auf jeden Fall Alicia nicht verraten. Ich will sie nicht verlieren.

„Also ich würde gerne wissen, wie du so in der Grundschule warst. Also, ob du schon immer so warst, wie du jetzt bist."

Das heißt, sie weiß, wie ich jetzt bin. Sicherlich hat ihr diese Pia davon erzählt. Sie scheint ja ein ganz schön schlechtes Bild von mir zu haben. Berechtigt. Ich frage mich nur, wie viel Alicia bereits über mich weiß.

„Wieso denkst du denn, dass ich anders früher gewesen war?"

„Es ist nur eine Hoffnung von mir, dass du nur in die falsche Spur geraten bist und … und du"

Und ich mich für sie ändere.

„Und du mich überhaupt mögen kannst. Denn... denn

wieso würdest du das, wenn ich das volle Gegenteil von dir bin."

Wie süß! Sie hat Angst, sie wäre zu schlecht für mich.

„Na, dann weißt du doch bereits schon die Antwort auf deine Frage, denn dir ist ja bewusst, wie sehr ich dich mag."

Und nun lächelt sie mich wieder so zurückhaltend mit ihren funkelnden Augen an. Ich liebe diesen Blick einfach so sehr an ihr. Bei diesen Blick will ich Alicia einfach nur in den Arm nehmen und ganz fest an mich drücken.

„Also warst du früher anders."

„In der Tat. In der Grundschulzeit war noch jeder Mensch gleich. Man hat nicht drauf geachtet, was der andere anhatte und man war eigentlich mit allen gut befreundet. Als ich dann jedoch in der fünften Klasse auf unsere Schule gekommen bin, waren alle in meiner Klasse fremd. Ich kannte niemanden. Ich musste mir neue Freunde suchen. Aber ich war auch zurückhaltend. Doch an einem Tag änderte ich mich völlig. Es war ein Montag, wenn ich mich recht erinnere. Der Beginn der Woche und der Beginn meiner Veränderung. Ich begriff nämlich, wie wichtig es war, cool zu sein, damit du kein Außenseiter wirst. Also legte ich plötzlich Wert auf Markenklamotten, änderte meine Sprache, ja ich veränderte sogar meinen Gang beim Laufen. Und legte mir eine neue Persönlichkeit zu. Und das alles nur, weil ich mein vorheriges Leben einfach nur langweilig fand. Ich wollte mich verändern und merkte schnell, was für Vorteile diese Änderung mit sich brachte. Denn ich war beliebt und bekam Freunde. Viele Freunde. Mein Bruder machte zu der Zeit gerade Abitur. Doch meine Eltern waren nicht ganz begeistert, denn seine Zensuren konnten besser sein. Sie fingen plötzlich enorm an, auf meine Zensuren zu achten. Meine Eltern wollten, dass ich mein Abitur mit einem sehr guten Abschluss schaffte. Aber ich war damals fünfte Klasse. Also ja noch Jahre davon entfernt. Sie nervten mich nur. Und genau aus diesem Grund wollte ich ihnen nur noch mehr zeigen, dass sie nicht meine Bestimmer waren. Also war mir Schule auf einmal völlig egal und ich wurde Jahr für Jahr immer schlechter. Jetzt bin ich schon in der elften und mir wird langsam bewusst, dass ich vielleicht doch bessere Noten haben müsste. In den letzten Jahren habe ich es immer irgendwie geschafft mich durchzumogeln. Aber das geht jetzt nicht mehr so einfach. Meine Eltern ignorieren mich übrigens völlig. Am Anfang haben sie mich immer noch versucht, mit irgendwelchen lächerlichen Sachen zu bestrafen. Aber ich habe ihnen jedes Mal gezeigt, wer der Stärkere ist. Und zwar ich. Daraufhin haben sie irgendwann nachgegeben und mich in Ruhe gelassen. Sie hassen mich. Ja, ich kann sie sogar verstehen. Aber mir ist es halt einfach egal. Ich mag mein Leben zurzeit. Ich mag all die Sachen, die ich zurzeit so gerne mache, und die meine Eltern zum Glück nicht alle wissen."

So wie du zum Glück auch.

„Aber dir ist schon bewusst, dass du viele falsche Dinge tust und …"

„Ja, Alicia, ich weiß, dass wir uns eigentlich komplett voneinander unterscheiden. Aber lass uns jetzt nicht darüber reden. Ich will mit dir Spaß haben."

„Aber ich weiß nicht, ob ich hier überhaupt Spaß haben werde."

„Ach das wird schon. Vor allem, weil es jetzt schon um zehn ist und um diese Uhrzeit meine Freunde kommen."

Und ich werde mich heute nicht betrinken. Oder zumindest nur ein bisschen."

Und so lernte Alicia fünf von Kilian Kumpels kennen. Doch dieses Kennenlernen war eine Katastrophe für Alicia und auch für Chakro. Ihn durfte man ja auch nicht vergessen. Chakro musste sich nämlich die ganze Zeit anhören, wie unangenehm es doch war, wenn man nur da saß und niemanden kannte. Und dann waren diese Kumpels auch noch alle so ähnlich wie Kilian. Das bedeutet, sie waren auch alle so cool und Alicia kam sich wie der letzte Haufen Dreck vor. Denn sie war weder cool, noch hübsch, noch … Was war sie denn überhaupt? Dumm. Ja, einfach nur dumm. Was sie selber zugab. Jedoch war Alicia über die erste Stunde mit Kilian sehr froh. Sie hatte zwar geweint, aber auch mehr über Kilian erfahren. Er liebte sie wirklich und eigentlich steckte in Kilian ein guter Kern. Ist die Frage, was das Alicia für diese Nacht bringen würde. Was, wenn sich Kilian nicht für Alicia ändern würde, sondern andersherum? Wenn Alicia plötzlich auch cool werden wollte? Was ich dir verraten werde, ist, dass Alicia vorhin nicht das einzige Mal geweint hatte. Sie würde es in nächster Zeit wieder tun. Aber blicken wir dazu erst einmal in ihre und Chakros Gedanken, als es gerade 23:13 war und es auf der Tanzfläche immer mehr Leute wurden. Alicia war alleine, denn als dann noch irgendwelche Mädchen kamen, war es Alicia zu viel geworden und sie hatte sich, ohne dass es jemand bemerkte, heraus geschlichen. Das hoffte Alicia jedenfalls. Nun saß sie auf einem Stuhl, der abseits stand.

„Hast du die ganzen Mädchen gesehen? *Du meinst diese Freundinnen von diesen komischen Kerlen, die mir noch unsympathischer als Kilian sind? Diese Freundinnen, welche nicht denselben Modegeschmack wie ich haben.* Wie kannst du denn überhaupt einen Modegeschmack besitzen? *Tja, ich habe mich halt, seitdem ich bei dir bin, schon sehr viel weiterentwickelt.* Ach so, ich habe also Schuld. *Aber dein Modegeschmack darf das doch auch nicht sein!* Naja. *Das ist nicht dein Ernst. Du willst doch nur Kilian gefallen! Und dieses hässliche Zeug in deren Gesichtern. Was soll denn das schon wieder!* Das ist Schminke. *Ja, Alicia, dass weiß ich doch auch. Mein angeborener Wortschatz meint nur, dass Schminke zum Verschönern dient. Und so wie das aussieht, muss wohl ein Fehler bei der Definition vorliegen.* Oder einfach ein Fehler bei deiner Wahrnehmung. *Apropos Wahrnehmung. Wir nehmen beide gerade dasselbe wahr. Und zwar Menschen, die wie die Bekloppten auf einer viel zu kleinen Tanzfläche abgehen.* Es sieht so aus, als hätten sie Spaß. *Alicia, jetzt sei doch nicht so neidisch auf die. Du bist einfach ein ganz anderer Mensch, der hier eigentlich nicht hingehört.* Nun kommen auch noch vier Jungs auf mich zu. *Welche sehr betrunken sind.* Was wollen die von mir?

„Hey, wieso bist du denn so alleine hier?"

Ich frage mich, wieso du überhaupt noch hier bist!

Chakro, hilf mir doch einmal! Was soll ich antworten?

„Hast du vielleicht Bock auf einen Drink?"

Oh ja! *Alicia, hast du nicht! Du hast nur Durst und das ist alles. Denkst du, du bekommst das kostenlos?!*

„Und ich muss nichts bezahlen?"

„Natürlich nicht."

Oh doch und wie! Die wollen, dass du mit ihnen den Abend verbringst und ... Sei leise, Chakro! *So wütend habe ich dich ja noch nie erlebt!*

„Es wäre mir ein Vergnügen."

Nein, das lasse ich nicht zu! Chakro, es ist immer noch mein Leben. *Aber* Nun stehe ich auch schon auf. *Du hast es nicht anders gewollt. „Lasst sofort dieses Mädchen in Ruhe."* Chakro?!!?! *Oh, wie entsetzt sie dich anschauen!* Was hast du getan?! *Mit deinem Mund gesprochen und dafür brauche ich nicht einmal deinen Willen.* Wie gemein kann man denn nur sein! *Wohin rennst du denn?* Weit weg von diesen Typen. *Heißt das wir hauen endlich ab?* Ganz sicherlich nicht! Ich wünschte, Chakro würde verschwinden. *Unpraktisch, dass ich deine Gedanken hören kann.* Mir würde es ja auch reichen, wenn du endlich still wärst. Ich stelle mir vor, dass der Sog, welcher dich in mein Gefäß zieht, dich nun wieder herauszieht. Hat das funktioniert? Anscheinend schon. Chakro hätte doch sicherlich schon etwas erwidert. Es tut mir leid Chakro, aber du hast mich gerade einfach zu sehr genervt. Sobald ich zu Kilian nach Hause fahre, werde ich dich auch sofort wieder zurückholen, aber jetzt störst du mich einfach nur. Wahrscheinlich meinst du es nur gut, aber das gerade war wirklich unfassbar. Was denken nur diese Jungs nun? Ich will gar nicht genau darüber nachdenken. Hoffentlich haben nicht noch mehr Leute davon mitbekommen. Und wenn es sich herumspricht?! Und dann wieder alle über mich komisch sprechen? Was hat Chakro nur getan?! Ich wollte mir doch nur einen Drink spendieren lassen. Chakro hat sich so verändert. Am Anfang hatte er noch Angst, er würde mich nerven. Und ich hatte es nicht für möglich gehalten, dass mich jemals irgendjemand nerven könnte, da ich mich doch so sehr über jede Gesellschaft freute. Aber jetzt … Alicia, jetzt fang nicht schon wieder mit weinen an. Ich war bisher immer der festen Überzeugung gewesen, dass ich mir immer treu bleiben müsste und genauso mein Leben leben soll, wie ich nun einmal geschaffen wurde. Aber Kilian war auch einmal zurückhaltend und hat sich verändert. Vollkommen verändert. Und er ist dadurch beliebter geworden und hat sich ein wunderbares Leben erarbeitet. Er scheint so glücklich zu sein. Er übertreibt sicherlich manchmal. Aber das weiß er und für mich würde er sicherlich etwas vorsichtiger werden. Doch wie soll ich ihm zeigen, wie sehr ich ihn liebe? Ich muss mich auch etwas verändern. Ich würde sicherlich nicht anfangen mit Rauchen. Aber ich werde nun versuchen zu verstehen, was am Feiern so toll ist, bis ich mir auch traue auf der Tanzfläche abzugehen. Ach nein! Jetzt kommt so eine Freundin von Kilian auf mich zu. Wie hieß sie nochmal?

„Da bist du. Kilian hat sich schon Sorgen gemacht. Ich bringe dich am besten gleich zu ihm."

Anna, so hieß sie! Sie ist so ein Mensch, den jeder mag, da sie so aufgeschlossen und nett ist. Mir war sie auch als einzige von Kilians Freunden sympathisch. Die anderen wirkten alle so arrogant. Aber Anna hat mich öfters angelächelt. So wie jetzt.

„Ich will ja nichts zu deinem Klamottenstyle sagen. Jeder kann tragen was er will. Aber meinst du nicht auch, dass du lieber etwas anderes anziehen solltest? Dann fühlst du dich sicher wohler." „Aber ich habe keine anderen Klamotten, als solche."

„Ich habe aber noch andere."

Nun lächelt sie mich breit an und zwinkerte mir zu.

„Komm mit."

Oh wie nett sie ist!

„Ich habe auch noch Schminke."

Zum Glück weiß Chakro nichts davon.

„Dann wird Kilian wohl doch noch ein bisschen auf dich warten müssen. Aber das Warten wird sich lohnen."

„War es schlimm, dass ich plötzlich abgehauen bin?"

„Nein, keine Sorge. Ich habe als einzige mitbekommen, wie du dich hinausgeschlichen hast. Aber ich habe auch mitbekommen, wie unwohl du dich die ganze Zeit gefühlt hast. Ich kenne Kilian schon lange und auch sehr gut und ich weiß schon lange, dass er auf solche Mädchen, wie dich steht, da du nämlich genau so bist, wie du bist. Das habe ich gemerkt, als ich mit ihm zusammen war. Das ist schon lange her und es war auch nicht lange, denn ich merkte bald, dass wir als Paar nicht zusammen passten. Denn Kilian wollte sich immer überlegen fühlen. Das liebt er einfach. Doch die meisten Mädchen sind nicht von Natur aus schüchtern. Außer natürlich du. Ich bin übrigens die einzige Ex-Freundin von Kilian, welche noch Kontakt zu ihm hat und nicht wütend auf ihn ist, weil wir nicht zusammen passen. Alle anderen sind immer noch so nachtragend und wütend auf ihn. Aber damit eins noch klar ist: Du passt zu Kilian und mir kannst du da vertrauen. Du wirst heute bestimmt noch oft zu hören bekommen, dass du die Neue von Kilian bist und alle werden sie dich komisch anschauen, weil sie mit dir nicht rechnen würden. Kilian ist sehr begehrt, und deswegen werden viele auf dich neidisch sein, das darf dich aber nicht einschüchtern, denn du bist dafür diejenige, nach der Kilian sucht. Aber jetzt werden wir dich so herausputzen, dass du durch deine Schönheit herausstechen wirst. Du bist nämlich unglaublich hübsch."

„Aber ich habe heute schon so viele hübsche Mädchen hier gesehen."

„Und weißt du auch, wie die alle ohne Schminke aussehen? Glaub mir, du wirst gleich so schön aussehen."

Danke, dass ich auf so einen netten Menschen gestoßen bin. Jahre lang, erschien mir der Glaube an so viele netten Menschen so unwirklich. Und jetzt begegnete ich einfach so vielen netten Menschen, die mich nicht mobbten! Unglaublich.

„Ich bin dir so dankbar."

„Kein Ding. Jetzt sind wir auch schon da. Das ist mein Zimmer, in dem ich ein paar heiße Kleider für dich habe. Mein Bruder arbeitet hier, deswegen kann ich in seinem Arbeitszimmer auch meine Sachen hinlegen."

Und so wurde Alicia geschminkt. Anna brauchte dafür und mit Einkleiden eine ganze Stunde. Aber es hatte sich wahrhaft gelohnt. Man konnte Alicia fast nicht mehr wiedererkennen. Der neue Look gab Alicia unglaublich viel Selbstbewusstsein. Und so stolzierte sie um etwa halb eins den Gang zu Kilian entlang. Alicia fühlte sich immer noch etwas unwohl, aber zugleich wollte sie Kilian beeindrucken. Was sie auch schaffte, denn dieser bekam seinen Mund nicht mehr geschlossen, als er Alicia von weitem in ihrem scharfen Kleid sah. Und aus der Nähe sah sie noch besser aus. Anna hatte wirklich gute Arbeit geleistet. Kilian war bewusst gewesen, dass Alicia nicht hässlich war, doch dass sie mit Schminke so schön aussah, hatte auch er nicht für möglich gehalten. Alicia war blond, sodass die

Mascara mit ihren Augen viel bewirkte. Und viele Blicke die Aufmerksamkeit auf sie lenkten. In diesen Momenten bereute sie es überhaupt nicht, hierher gekommen zu sein. Alicia war so froh, sich endlich auf dieser Party wohl zu fühlen. Aber sie kam gar nicht dazu sich mit Kilian weiter zu unterhalten, denn dann verloren sie sich auch schon wieder aus den Augen, da Alicia auf die Toilette musste. Als sie diese wieder verließ, traf sie nicht mehr auf Kilian oder Anna, sondern auf die Jungs von vorhin, welche Alicia mit ihrer plötzlich tiefen Stimme sicherlich nicht so schnell vergessen würden. Doch die Jungs erkannten Alicia gar nicht wieder. Sie sah nun einfach zu anders aus und war nicht mehr das kleine schüchterne Mädchen, welches alleine neben der Tanzfläche mit einem stinknormalen T-Shirt hockte, sondern nun eine scharfe Braut. Und außerdem war die Wahrnehmung der Jungs durch den Alkohol eh etwas geschwächt. Darüber war Alicia sehr erleichtert und sie bekam ihren Drink ausgegeben. Alicia bestellte sich übrigens nur ein Wasser. Das kam komisch bei den Jungs an. Aber Alicia verabscheute nun einmal Alkohol über alles. Als sie fertig damit war, wurde sie allerdings mit den Jungs mitgezogen. Alicia wollte sich eigentlich wieder von ihnen losreißen. Doch das ließen sie nicht zu. Also musste sie ihnen wohl oder übel folgen. Alicia blickte sich um auf der Suche nach Kilian. Jedoch die Hoffnung erfüllte sich nicht und Alicia wurde nach draußen geführt. Am besten wir gehen jetzt ins Detail, indem wir in Alicias Gedanken blicken:

„Jetzt bekomme ich doch etwas Angst. Vor allem da ich jetzt hier draußen völlig alleine stehe. Was wollen diese Jungs von mir? Chakro hatte Recht gehabt. Sie wollten mir nicht nur einen Drink ausgeben. Was soll ich jetzt machen? Ich kann ja nicht einfach wegrennen. Diese Jungs würden mich sofort festhalten. Ich glaube, jetzt ist der Moment gekommen, wo ich die Hilfe von Chakro gebrauchen könnte. Daher stelle ich mir nun vor, dass es ein Wesen gibt, welches in die Form meines Charakters reinpasst. Chakro bist du da? Bist du eingeschnappt und antwortest deswegen nicht? Chakro?!

„Du fragst dich sicherlich, warum wir dich nach draußen gebracht haben. Aber mach dir keine Sorgen, Nico wird noch schnell etwas holen und dann wirst du verstehen, wieso wir dich nach hier oben gebracht haben."

Chakro ist nicht da, da er nicht mehr in meine Form hineinpasst. Das heißt, mein Charakter muss sich verändert haben. Nur, weil ich etwas mehr wie Kilian sein wollte. Als ob sich so schnell mein Charakter verformen lässt. Aber es reicht ja aus, wenn auch nur die kleinste Zacke ein kleines bisschen verformt ist. Und vorhin, als ich dieses Kleid anhatte, habe ich mich ganz anders gefühlt. Als ich dann rausgegangen bin und mich alle angestarrt haben, war ich viel zu arrogant. Ich wollte mich für Kilian etwas verändern und habe dabei völlig vergessen, dass ich mir eigentlich treu bleiben will für immer und ewig. Ich bin doch genauso geboren, wie ich bin. Und ich würde mich niemals für andere ändern. Habe ich damals mir geschworen. Damals, als mich alle hassten. Was habe ich nur gemacht?! Kann ich meinen Charakter denn wieder zurück verformen? Sicherlich. Aber reicht es aus, sich einfach nur zu schwören, dass man sich niemals mehr ändern wird? Ich weiß es nicht. Und ich vermisse Chakro gerade so sehr. Wenigstens rollt jetzt die erste Träne runter. Und die zweite. Ich werde sicherlich keine meiner Tränen unterdrücken, denn ich bin nun einmal ein Mensch mit einem Herz aus Butter, welches bei jeder Kleinigkeit anfängt mit Weinen. Das macht mich aus. Es tut jedenfalls gut, sich den Schmerz von der Seele zu weinen. Chakro, es tut mir so leid! Nachteil an meinem Weinen ist, dass diese Jungs mich nun verwirrt anschauen.

„Wieso weinst du?"

Man könnte sich jetzt eine schlaue Lüge ausdenken. Aber ich bin nicht „man", sondern anders und ein Mädchen, das generell nicht lügt.

„Ich habe nur gemerkt, dass mein erstes Mal feiern komplett in die Hosen gegangen ist."

Und das ist genau das, wovor Chakro mich gewarnt hatte. Wieso habe ich nur nicht auf ihn gehört! Scheiß Liebe! „Du bist echt seltsam."

Ach ne, das weiß ich auch.

„Du bist doch die Neue von Kilian. Und die war noch nie feiern?! Das ergibt doch null Sinn."

„Wenn ich sie jetzt so vom nahen mit verweintem Gesicht sehe, muss ich sagen, dass sie sehr viel Ähnlichkeit mit diesem Mädchen von vorhin hat."

„Ja du hast Recht! Das ist sie! Woher zum Teufel kam diese Stimme? Du kannst doch unmöglich deine Stimme so tief stellen?!"

Chakro wollte mich nur beschützen und ich dumme Nuss war total sauer auf ihn. Und jetzt bin ich nur noch sauer auf mich. So sauer. Das war ich noch nie in meinem Leben. Sonst war ich immer nur traurig. Was antworte ich denn nun überhaupt diesen Jungs? Aber zum Glück kommt jetzt Nico. Dann muss ich nun gar nichts mehr antworten. Was macht dieser Nico jetzt? Er hat gar nicht mitbekommen, dass ich weine. Er geht gerade hinter mir vorbei. Wobei nicht vorbei, er steht hinter mir. Oh Scheiße! Ist das ein Klebeband um meinem Mund?!

„Damit du nicht mehr um Hilfe schreien kannst."

Was?! Wieso?! Was wollen die machen?!

„Ach man Nico, ich hätte zu gern noch ihre Antwort gehört. Dieses Mädchen ist nämlich die von vorhin mit der plötzlich tiefen Stimme."

„Als ob."

„Ja ist sie. Aber jetzt ist es ja eh zu spät."

„So, wie versprochen kommt jetzt der Grund dafür, dass wir dich nach oben gebracht haben. Nur das mit keine Sorgen machen war vorhin gelogen."

Jetzt hat mich dieser Nico auch noch gefesselt. Hätte ich nicht vorhin um Hilfe schreien können?! „Du scheinst eigentlich ein nettes Mädchen zu sein und für das, was wir gleich mit dir machen werden, kannst du auch überhaupt gar nichts. Der Grund dafür ist ganz allein Kilian. Wir haben ihm geschworen, dass es noch ein Nachspiel geben wird und genau das wird es heute geben. Du musst nicht genau wissen, was er so Schlimmes getan hat."

„Diese Information würde eh bald nicht mehr in deinem kleinen Kopf existieren, wenn du tot bist." „Das ist dann übrigens auch der Grund, wieso wir dich nach draußen gebracht haben. Dort wird nämlich niemand so schnell deine Leiche finden. Denn hier verirrt sich für gewöhnlich niemand hin."

Sie wollen mich umbringen?!

„Du bist nicht die erste, die wir ermorden werden."

„Kilian wollte uns nur nicht glauben. Pech für ihn und für dich leider auch. Obwohl du doch gar nichts dafür kannst. Wir sind Hochkriminelle, welche extrem gut schauspielern können und die Polizei schon seit vielen Jahren an der Nase herum führen. Wie wir das genau machen, bleibt unser Geheimnis und zwar für alle Ewigkeit."

„Aber da wir Mitleid mit dir haben, denn wir ermorden für gewöhnlich nur Leute mit denen wir Stress haben, werden wir dir einen schnellen Tod ohne jegliche Schmerzen ermöglichen."

Wirklich großzügig und nett von denen.

„Kilian wird sicherlich extrem Angst vor uns bekommen und dann kommt der zweite Part von unserem Plan. Du bist also nur ein Zwischenschritt."

„Und es ist totale Zeitverschwendung ihr das jetzt zu erklären, da sie es eh gleich nicht mehr wissen wird!"

„Na, dann wollen wir es mal hinter uns bringen."

Scheiße! Da ist eine Pistole! Ihr Herz pocht laut. Nein! Ich darf nicht sterben. Alicia, du musst klar denken und dich konzentrieren! Ich bin ein Mensch, der niemals auf solche Partys geht und sich niemals schick macht und Schminke trägt. Ich bin nicht selbstbewusst und arrogant. Und ich bleibe mir für ewig treu. Es gibt ein Wesen, was genau in diesen Charakter passt. *Oh scheiße, er hält schon die Pistole auf dein Herz.* Chakro! Du bist mein Schlüssel, mit welchem ich nun die Tür zur Dimension der Fantasien öffne. *Oh mein Gott.* Ich habe noch den Schuss gehört! *Aber er hat dich nicht mehr getroffen.* Wie knapp war das denn gerade?! *Wie in so einem Film. Ich bin fast gestorben. Das kann ich zwar gar nicht, aber es hat sich jedenfalls so angefühlt, als würde ich vor Anspannung sterben, als ich die ganze Zeit das Geschehen von der anderen Seite beobachtet habe. Ich habe nämlich beobachtet, wie sie die ganze Zeit von der Neuen von Kilian gesprochen haben, die sie umbringen wollen.* Sie haben sich einen Plan gemacht. *Und ich wusste davon, aber das hat einfach nichts gebracht. Stattdessen hast du dich schminken gelassen!* Es tut mir so leid. *Am schlimmsten wurde es, als dieser Niko das Klebeband geholt hat. Da hättest du noch schreien können. Es ist so ein Scheiß-Gefühl, wenn du nichts tun kannst um zu helfen. Wenigstens hast du noch geweint, daher wusste ich, dass du versucht hast, mich zurückzuholen. Dein Charakter hat sich übrigens genau zu dem Zeitpunkt verformt, als ich wusste, dass sie dich umbringen wollen. Kurz bevor Anna kam.* Weil ich mich in diesem Moment ändern wollte. *Alicia, du kannst dir nicht vorstellen, wie schrecklich es für mich war, zu erfahren, dass sie dich umbringen wollen und dann schwebe ich zu dir und hoffe, dass du mich wieder zu dir zurückziehst und dann bemerke ich, wie das gar nicht geht, weil ich mit meiner einen Zacke gar nicht mehr reinpasse.* Ich war so dumm! So dumm! Ich hätte mich beinahe selber umgebracht, nur weil ich zu dumm war, um auf dich zu hören und mich wegen einen Jungen ändern wollte. Du kannst dir gar nicht vorstellen, wie leid mir alles tut. *Doch kann ich. Ich stecke in deinem Körper und fühle es.* Du musst so sauer auf mich sein. *Nein, gar nicht. Ich bin gerade so froh, dass alles gut ausgegangen ist und ich wieder bei dir bin. Ich habe dich so sehr vermisst. Und ich habe mir auch selber Vorwürfe gemacht.* Aber du hattest doch Recht mit diesen Jungs! Die wollten mir nicht nur einen Drink ausgegeben. *Aber trotzdem habe ich dich genervt.* Ja, aber nur, weil ich dich selber viel mehr genervt habe. *Aber eigentlich konntest du nichts dafür. Du bist nur auf diese Party wegen Kilian gegangen und das hast du nur gemacht, weil du in ihn verliebt bist. Und ich selber habe gefühlt, wie sehr du ihn geliebt hast. Selbst in deinen ganzen Träumen war diese Sehnsucht nach ihm ein so stechendes Gefühl. Die ganze Zeit habe ich es völlig ignoriert, dass du nichts dafür kannst, dass du auf diese Party gehen willst. Man kann sich nicht aussuchen, in wen man sich verliebt.* Danke, dass du nicht sauer auf mich bist. *Danke, dass du dich wieder zurückverändert hast.* Danke, dass du mich gerettet hast. *Das warst eigentlich du selber.* Was wäre... *Denk nicht drüber nach. Ich weiß, es war total knapp.* Ich müsste eigentlich tot sein. *Und bist du es? Nein. Also denk lieber an die Gesichter von den Jungs, als du plötzlich verschwunden bist.* Was die jetzt wohl machen? Kilian wird sicherlich schon nach mir suchen. Aber was, wenn diese Jungs was Schlimmes mit ihm anrichten? *Das wird schon nicht so schlimm kommen. Wir können jetzt eh nicht zurück reisen, da wir sicherlich wieder auf die Jungs treffen würden. Lass dich ablenken.* Und die Zeit sinnvoll ausnutzen, indem wir nun diese Geschichte in Ordnung bringen. *Genau.* Wo sind wir eigentlich gelandet? Ich weiß nur, dass es in dieser Geschichte nicht so kalt ist, wie es gerade draußen mitten in der Nacht war. Erst jetzt wird mir bewusst, dass ich ganz schön gefroren habe in diesem kurzen Kleid. *Ja, das ist der Nachteil, an solcher Bekleidung. Aber um auf deine Frage zurückzukommen. Wir sind gerade in dem Gebiet der alten Geschichten. Also Geschichten, welche um 1800 geschrieben wurden.* Dann lass uns beginnen! *Dort hinten in dem Haus brennt Licht. Mach dich unsichtbar.* Schon passiert. *Und dann hören wir dem Gespräch zu.* Es klingt so, als wäre dort ein Streit ausgebrannt. *So wie der eine den anderen anschreit, musst du Recht haben.*

„Ich bin so wütend auf dich. Du diabolisches Miststück!"

„Es war nicht so verstanden."

„Schweig und verschwinde! In voller Karriere! Dich soll das Wetter schlagen!"

Jetzt rennt der Mann, der so angeschrien wurde, auch schon raus. *Folge ihm.* Was denkst du, wie alt der ist? *So um die zwanzig herum. So wie der andere Mann etwa auch.* Dass wir diese Zeit um 1800 behandelt haben, ist in Geschichte schon so lange her. Ich weiß eigentlich fast gar nichts mehr. *Das ist nicht schlimm. Auch wenn es für diese Zeit typisch war, die Geschichten realistisch zu schreiben, handelt es sich bei dieser Geschichte, um eine mit wenig historischem Hintergrund. Dafür fällt es dir schwer alles zu verstehen.* Da hast du Recht. *Aber keine Sorge, ich verstehe ein paar alte Redewendungen.* Ich beneide dich für deinen angeborenen Wortschatz. *Kann ich gut verstehen.* Soll ich diesen Mann ansprechen? Jetzt ist er ja draußen und sitzt auf einer Bank. *Am besten du fragst ihn, wieso er weint.* Gut. *Warte. Da kommt jemand.* Das ist Anette.

„Entschuldigen sie die Frage, aber was ist denn vorgefallen?"

Sie hat dieselbe Idee wie wir gehabt.

„Mir ist es selber nicht ganz helle. Ich wollte mich doch nur mit Luise akkordieren. Es sollte nur ein Stelldichein werden. Wieso betrachtet mich Friedrich diabolisch? Sein Herz schlug doch für Julia."

Ich habe gerade eigentlich gar nichts verstanden.

„Wenn ich das recht verstehe, hat dieser Friedrich diese

Liebe zu Julia sicherlich nur vorgetäuscht. Er fand ihre Luise auch schon immer entzückend." „Es scheint mir so, als hätten sie Recht. Ich werde nun verschwinden. Dann soll sich Friedrich doch selber mit Luise akkordieren." *Folge ihm und ich erkläre dir in der Zeit was Sache ist. Hast du gesehen, wie Anette gegrinst hat?* Ja. *Sie lächelt so, als wüsste sie mehr als dieser Mann. Und das tut sie sicherlich auch, denn sie wird der Grund für diesen Streit sein. Mit diesem Gespräch gerade wollte sie sich nur vergewissern, dass es funktioniert hat.* Das was funktioniert hat? *Dazu komme ich noch. Erst einmal der Grund für diesen Streit. Akkordieren bedeutet verabreden und Stelldichein ist ein Date.* Also ist dieser Friedrich sauer auf den Mann, weil dieser ein Date mit einer gewissen Luise haben wollte. *Genau, nur das Problem ist, dass dieser Friedrich noch nie Gefühle für diese Luise hatte, sondern für Julia. Mir scheint es jedoch, dass hier ein Missverständnis vorliegt. Diese Anette hat sicherlich Friedrich genau das Falsche klar gemacht. Und zwar, dass dieser Mann ein Date nicht mit Luise, sondern mit Julia hatte. Er denkt also, dass er von diesem Mann betrogen wurde. Er will plötzlich ein Date mit seiner Geliebten haben.* Ich verstehe, auch wenn ich dieses Mal die Geschichte nicht interessant finde, sondern einfach nur kompliziert. Die Sache ist nur, wie wir ihm dieses Missverständnis erklären wollen? *Ich habe keine Ahnung.* Ich kann doch nicht einfach auftauchen und ihm aus heiterem Himmel Dinge erzählen, von denen ein einfacher Passant keine Ahnung haben kann. Was wenn... *Probiere es doch einfach aus. Wenn es schief geht, dann verhindern wir einfach beim nächsten Durchlauf der Geschichte, dass Anette überhaupt dieses*

Missgeschick entfachen kann. Wie du meinst. *Verstecke dich hinter dem Busch und lauf ihm entgegen.* Und ich brauche noch andere Kleidungsstücke! *Anette hatte aber auch keine altertümlichen Sachen an.* Zu spät. Jetzt habe ich schon ein kaputtes altes Kleid wie aus Aschenbrödel an. Was man alles mit Fantasie erreichen kann! *Jetzt sprich ihn an.*

„Fragen sie sich bitte nicht, wer ich bin, aber ich glaube, hier liegt ein riesiges Missverständnis vor. Ferdinand glaubt sie wollten ein"

Mist, was hieß noch einmal Date? *Stelldichein.*

„ein Stelldichein mit Julia haben. Ihm wurde etwas Falsches erzählt. Leuchtet ihnen das ein?"

Frag lieber: Ist ihm das helle? Das versteht der besser.

„Ist ihm das helle?"

„Ich habe den Witz davon."

Er hat es erfasst.

„Ich werde umkehren und schauen, ob es stimmt, was sie da sagen. In voller Karriere!"

Das ging aber einfach. Falls wir mit dem Missgeschick Recht hatten. *Das werden wir. Eine Geschichte weniger, die in Ordnung gebracht werden muss!* Wir sind halt einfach ein gutes Team. *In der Tat."*

5. Kapitel: Pias geniale Idee

Pia hatte in dieser Zeit auch etwas Wichtiges für diese Geschichte erlebt. Als sie am Freitagnachmittag bei Frau Droste-Hülshoff klingelte, hatte Frau Roth ihr zuvor versucht einzureden, wie wichtig es war bei der Sache zu bleiben und sich auf die Mission zu konzentrieren. Aber dagegen wollte Pia weiter mit Timo daten, denn es war Teil ihres Plans. Sie hatte nämlich eine Vermutung, eine Idee, wie Timo bei der ganzen Sache von Bedeutung sein könnte und helfen könnte. Wobei es für Pia nur eine Ausrede für ihr Handeln war. Eine Ausrede, welche es erlaubte, weiterhin Zeit mit ihrer Liebe zu verbringen. Denn sie verdrängte mit diesem Plan ihr schlechtes Gewissen, welches sie ja eigentlich haben müsste, denn Pia hätte wahrhaft die Gelegenheit schon öfters ausnutzen können, um nach Hinweisen zu suchen. Außerdem war dieser Plan kein richtiger Plan, sondern nur eine Hoffnung.

„Jetzt muss ich auch noch diesen Abwasch erledigen, während Timo für sie den Einkauf machen muss! Was hat denn Anette überhaupt gegessen?! Das sieht aus wie Nudeln, aber es scheint mir so, als hätte sich dieser Abwasch etwas angestaut, denn ich glaube, dass Anette keine Freunde besitzt, mit denen sie zusammen isst und was die Menge dieser Teller erklären würde. Allgemein gibt es in dieser Wohnung wenige Bilder von ihr und möglichen Freunden. Wieso wenige?! Wenn ich mich recht erinnere, habe ich noch kein einziges Bild in dieser Wohnung entdeckt. Es scheint so, als hätte sie nicht einmal eine Familie oder zumindest hat sie keinen Kontakt zu dieser. Hoffentlich kommt Timo bald wieder! Solange er nicht da ist, vergeht die Zeit so langsam. Ich habe kein Bock mehr. Wieso muss ich denn eigentlich auch jeden Teller einzeln abwaschen?! Existiert hier kein Geschirrspüler? Das ist echt seltsam. Aber egal. Das Ding ist, dass in der Zeit, wo ich diesen Abwasch erledige, Anette in die Dimension der Fantasien reist. Man müsste wirklich versuchen, sie irgendwie davon abzuhalten. Aber wie? Sie darf auf jeden Fall nicht bemerken, dass ich ihr Geheimnis kenne. Ob sie wohl schon mitbekommen hat, dass Alicia die Geschichten wieder in Ordnung bringt? Ich hoffe nicht. Diese Frau könnte sicherlich gefährlich für Alicia werden, denn ich habe das Gefühl, dass sie eine sehr schlaue Frau ist, die man nicht so leicht unterschätzen sollte. Aber ich denke nicht, dass sie etwas ahnt, denn ich persönlich habe noch nicht richtig bemerkt, wie die Fantasie schwächer wird, denn diese Veränderung ist so minimal, dass Anette es daran nicht merken wird. Doch was mir gerade so auffällt ist, dass Anette ja erst seit ein paar Wochen in die Dimension der Fantasien reisen kann, da Frau Roth ja erst seit Kurzem spürt, dass die Fantasie verschwindet. Woher stammt dann aber der ganze Reichtum? Er kann doch nicht von heute auf morgen plötzlich so erschienen sein. Was hat sie also davor gemacht? Vielleicht hat Anette aber auch schon aus den Geschichten sich Geld geklaut, aber nicht von Anfang an die Geschichten zerstört. Vielleicht. Vielleicht auch nicht. Das ist alles so verwirrend! Und Frau Roth hat Recht. Uns läuft die Zeit davon. Ich will Alicia ja nicht nerven. Sie tut mir ja auch leid. Immer muss sie dorthin reisen und hat dadurch voll den Stress. Wenn man doch selber einfach auch in die Dimension der Fantasien reisen könnte! Ich weiß zwar nicht, wie es Anette von Droste-Hülshoff macht, aber ich habe eine Idee, wie ich es vielleicht hinbekomme. Es ist zwar kein Plan, sondern nur eine Hoffnung, aber einen Versuch ist es definitiv wert. Jedoch brauche ich dafür Timo und ich glaube, heute ist der Tag gekommen, an dem ich ihm mein Geheimnis verraten sollte. Aber dafür muss er erst einmal wieder vom Einkaufen zurückkommen! Jetzt bin ich zum Glück endlich mit dem Abwasch fertig! Ich habe mir eindeutig eine Pause verdient. Aber das bedeutet kein Ende, keine Pause für meine Mission, etwas Interessantes über Anette herauszubekommen. Nun kann ich die Gelegenheit nämlich ausnutzen und nach Hinweisen suchen! Wo wollen wir anfangen? Gar nicht. Da kommt Timo. Also doch nicht nach Hinweisen suchen. Frau Roth hat schon Recht. Diese Liebe lenkt mich ab. Wobei allerdings, wenn mein Plan aufgehen sollte, Timo mir vielleicht sogar sehr behilflich sein könnte. „Na, Pia, bist du fertig mit dem Abwasch?"

Aber ich muss ihm dafür erst einmal ein unglaubwürdiges Geheimnis verraten.

„Ja bin ich. Ich wollte gerade mit meiner Pause beginnen, als du plötzlich erschienen bist."

„Dann können wir ja zusammen eine Pause machen."

„Und in dieser werde ich dir etwas Geheimes verraten."

„Du besitzt ein Geheimnis?"

„Das hättest du wohl nicht erwartet?"

„Nein, ich dachte, wir ähneln uns so sehr, dass ich eigentlich schon alles über dich weiß."

„Tja, es gibt da so eine Sache in der wir uns sehr unterscheiden. Denn ich kenne ein Geheimnis, welches du nicht kennst."

„Aber bald werde ich davon wissen und dann unterscheiden wir uns nicht mehr voneinander." „Außer du glaubst mir die ganze Sache nicht."

„Und wieso sollte ich das?!"

„Tja."

„Oh mein Gott, Pia, wie spannend willst du es eigentlich noch machen?! Erzähl endlich dein Geheimnis."

Ich mag es, wenn Timo mich so erwartungsvoll anschaut. Ich würde am liebsten noch länger mit seinen Gefühlen spielen. Aber das geht dann doch nicht. Ich muss endlich zur Sache kommen.

„Ich weiß, woher der Reichtum von Anette kommt. Und ich bin auch nicht einfach durch Zufall hier gelandet, sondern will genau wie du mehr über Anette durch diesen lästigen Job rausbekommen. Als ob ich freiwillig sauber machen würde. Auf das Geld kann ich auch gerne verzichten!"

„Das ist mir bei der allerersten Begegnung mit dir auch aufgefallen. Man hat dir echt angesehen, wie viel Freude dir dieser Job bereitet hat. Aber wieso verrätst du mir jetzt erst, dass du weißt, woher ihr Reichtum kommt?! Ich versuche es seit einem halben Jahr rauszubekommen!"

„Die Erklärung wirst du aber vielleicht nicht glauben, denn sie ist nicht einfach irgendeine Logische. Nein! Die Erklärung braucht viel Fantasie und Vertrauen. Ich selber habe es nicht geglaubt, was mir meine Schulleiterin erzählt hat. Und meine Schulleiterin kennst du auch, denn diese Frau, die mich immer abholt, ist nicht meine Mutter, sondern …"

„Deine Schulleiterin!"

„Genau. Sie ist wohl die fantasiereichste Frau, die ich jemals getroffen habe! Und so wusste sie von der Existenz einer anderen Welt. Einer Welt, in welcher unsere Geschichten in Dauerschleifen ablaufen! Das klingt jetzt total irre, aber du kannst mir glauben, denn es gibt Beweise hierfür. Und zwar ist meine Freundin Alicia in der Lage, dort hin zu reisen. Kannst du mir überhaupt bis hierher folgen? Tut mir leid, dass ich es so schnell mache, aber …"

„Pia, ich glaube dir alles, auch wenn ich es bisher nicht verstehe und nicht nachvollziehen kann, ich weiß, dass du die Wahrheit sagst, weil du mich niemals anlügen würdest."

Da hat er Recht, außer natürlich als ich Timo wegen des Geheimnisses angelogen habe. Aber das kläre ich ja nun alles auf.

„Wie meine Freundin überhaupt dorthin reisen kann, ist deutlich komplizierter. Aber ich habe da etwas aufgezeichnet, was dir beim Verstehen der ganzen Sache helfen könnte."

Praktisch, wenn man Zettel mit diesen Aufzeichnungen in der Hosentasche hat. So kann ich diese nämlich sofort herausholen.

„Das sieht sehr merkwürdig aus."

Ja, Timo, da hast du Recht.

„Aber du wirst es sicherlich hiermit verstehen."

Hoffe ich jedenfalls.

„Es existiert da noch eine andere Welt, die Dimension des Charakters. Dieses zackenförmige Gebilde könnte zum Beispiel dein Charakter sein. Er ist bei jedem anders. Und für diese Form könnte es ja auch ein Gegenstück geben. Ein Wesen, welches genau die Form wie dein Charakter hat und exakt in dieses Gebilde reinpasst. Doch dieses Wesen existiert nur einmal."

„Und deine Freundin hat genau diesen Charakter!"

„Du verstehst schnell. Dieses Wesen ist wie ein Schlüssel und Alicia ist das passende Schloss. Doch es gibt nur einen dieser Schlüssel, mit dem es möglich ist, in die Dimension der Fantasien zu reisen. Daher ist sie als einzige in der Lage. Rein theoretisch."

„Woher weißt du, dass es nur einen Schlüssel gibt?"

„Gute Frage. Wir haben es bisher so angenommen. Aber sicher ist es eigentlich nicht."

„Woher wusste Alicia eigentlich, dass sie diesen Schlüssel hat? Kam dieses Wesen plötzlich angeflogen und hat dies alles erzählt?"

„Diese Dimension des Charakters existiert zwar, aber wir stehen in keinem direkten Kontakt zu ier. Das heißt diese Aufzeichnungen hier, können wir gar nicht in Wirklichkeit sehen. Außer Chakro."

„Wer ist Chakro?!"

„Das Wesen, der Schlüssel. Er sitzt in Alicias Kopf und kann mit uns sprechen, wenn er Alicias Mund verwendet. Und er redet mit Alicia in Gedanken. Chakro ist ein sehr lustiger. Du solltest ihn selber kennen lernen. Aber ich würde ihn nicht gerne in meinen Kopf haben, denn auf Dauer würde er mich sicherlich nerven."

„Und was hat das jetzt alles mit Anette zu tun?"

„Sie muss auch irgendwie in die Dimension reisen können."

„Also gibt es doch mehrere Schlüssel."

„Nein, das glaube ich nicht. Sie muss irgendwie anders dorthin gelangt sein. Und von dort stammt auch ihr Reichtum. Sie muss aus den Geschichten, welche sich die Menschen irgendwann mal ausgedacht haben, viel Geld geklaut haben. Aber nicht nur Geld, rein theoretisch hätte sie auch bei Aladin vorbeischauen können und sich ein paar Wünsche erfüllen lassen. Das würde dann auch die seltsamen Schmuckstücke erklären."

„Und der Kamm stammt wirklich aus einen Märchen. Wie verrückt das klingt!"

Aber es ist wahr.

„Das Problem an der ganzen Sache ist, dass diese Existenz der Welt unsere Geschichten abspeichert und somit auch unsere Fantasie. Frau Droste-Hülshoff zerstört mit jedem Eingreifen die Geschichten so, dass sie zu einem schlechten Ende führen. Dadurch verschwindet die Fantasie in uns Menschen jedoch. Die Veränderung merkt man zwar nicht sofort, weil es extrem viele Geschichten gibt, die zerstört werden müssten. Aber trotzdem würde allein die Zeit irgendwann ausreichen, bis Anette plötzlich alle Geschichten zerstört hätte. Meine Schulleiterin, Alicia und ich müssen sie davon abhalten."

„Ich werde euch versuchen zu helfen."

„Und ich habe auch schon eine Idee, wie du das machen könntest. Und zwar ist es ja möglich durch das passende Gegenstück von unserem Charakter, also durch das Wesen, welches genau in diese Form passt, in die Dimension der Fantasien zu reisen. Vielleicht braucht man ja aber nicht unbedingt ein Wesen, sondern es reicht vielleicht aus, wenn…"

„...wenn man eine Person kennt, die genau denselben Charakter hat, wie man selber und somit auch das selbe Gegenstück zu seinem Charakter besitzt."

„Du verstehst echt schnell. Aber es ist eigentlich nur eine verrückte Idee."

„Lass es uns ausprobieren."

„Es müsste also der Glaube allein daran reichen, um es möglich zu machen. Es geht, dass aus meiner Charakterform ein Gegenstück kommt und der Schlüssel zu deinem Charakter ist."

„Es geht, dass mein Gegenstück von meinem Charakter der Schlüssel zu Pias Schloss ist."

„Und jetzt öffnen wir mit unseren Willen die Tür zur Dimension der Fantasie."

Ich hoffe, dass Timo sich dies wirklich alles vorstellen kann. Nur so ist es möglich…. Es funktioniert! „Oh mein Gott!"

Wo sind wir denn gelandet? Sieht aus wie ein Wald. Wie

ein düsterer Wald.

„Pia, das wird ein Abenteuer werden."

„Es hat schon längst begonnen."

„Was denkst du, was das hier für eine Geschichte wird?"

„Alicia wurde bereits in ein Märchen, eine Fantasiegeschichte und in eine Liebesgeschichte geschickt. Mir ist es eigentlich egal was für ein Genre es ist, solange wir am Anfang der Geschichte angelangt sind. Wenn das nämlich nicht der Fall ist, dann.."

Wir sind im Anfang der Geschichte! Und das ist noch nicht alles: das Genre ist auch noch ein Krimi! Und wie bei jeden Beginn des Krimis sieht man erst einmal, wie eine Person umgebracht wird. Allerdings sieht man in Filmen immer nur einen Ausschnitt. Und schon gar nicht das Gesicht des Mörders. Jetzt wissen wir ja schon das, was in Krimis die Spannung bis zum Schluss anhält. Aber es wird trotzdem ein Abenteuer für Timo und mich werden. Denn im Gegensatz zu Alicia können wir uns nicht einfach unsichtbar machen, sondern müssen nun aufpassen, dass wir nicht auch noch vom Mörder entdeckt werden. Was wäre eigentlich, wenn wir dieser Frau helfen würden, sodass sie erst gar nicht stirbt? Aber... Oh Mist, er blickt in unsere Richtung. Hat er uns gehört oder hält er sicherheitshalber nur Ausschau nach jemandem? Ich persönlich würde sogar den ersten Fall bevorzugen. Ein bisschen Abenteuer wäre doch auch nicht schlimm. Für viele sind es Albträume, wenn sie um ihr Leben rennen müssen, doch für mich wäre dies nicht der Fall. Ich kann mir zwar vorstellen, wie geschockt beispielsweise Alicia sein würde, wenn sie ganz knapp den Tod entkommen wäre. Für sie wäre es sicherlich der Horror, denn als eher ängstlicher Typ müsste sie die ganze Zeit dran denken, was wohl passiert wäre, wenn sie nicht überlebt hätte. Ich dagegen würde das Adrenalin lieben, was jedes Mal ausgeschüttet werden würde, wenn ich dran denken müsste, wie knapp ich den Tod entkommen wäre. Ich bin nun einmal anders und stehe auf Abenteuer. Jetzt setzt der Mann seine Tat fort. Und ich bin froh, dass der Baum vor mir die Sicht verdeckt. Denn das Geschrei von der Frau ist schon schlimm genug anzuhören. Auch wenn ich es mag, mich selber in Gefahr zu bringen, heißt das noch lange nicht, dass mir andere Leute nicht leid tun, wenn diese umgebracht werden. Denn ich kann mich auch gut in andere Leute hineinversetzen. Aber ich will mir gerade gar nicht vorstellen, welche Schmerzen diese Frau in diesen Moment erleiden muss. Was hat sie eigentlich für Kleidung an? Oh dieser Mann ist ja brutal! Zerhackt die arme Frau so, als wäre sie ein Stück Holz, welches in kleine Stücke zerschnitten werden muss. Da schaue ich lieber meine Baumrinde wieder an. Immerhin habe ich das erkannt, was ich erkennen wollte. Und zwar hat sie ein Kleid an. Welche Farbe es hatte, lässt sich nun zwar nicht mehr erkennen, da es von Blut überdeckt ist, aber dafür schreit die Frau nun nicht mehr. Wenigstens war ihr Leiden nicht allzu lange gewesen. Da die Frau ein Kleid anhat, muss sie sicherlich von einer Party gekommen sein. Jedenfalls war sie nicht in der Nähe von hier joggen gewesen und wurde dabei zufällig überfallen. Der Mann muss sie privat kennen. Sollte ich ein Bild von ihm mit der Kamera machen? Nicht dein Ernst. Timo hat neben mir dieselbe Idee! Nur, dass er jetzt schon ein Bild gemacht hat. Haut dieser Mann etwa schon ab? Ja, tatsächlich. Das Rascheln kommt von seinen Schritten, die sich immer weiter entfernen. Will er denn nicht einmal die Leiche wegräumen? Anscheinend nicht.

„Er will die Schuld an dem Mord jemand anders in die Schuhe schieben."

Timo hat Recht. Der Mann wirft nun vorsichtig irgendetwas auf den Boden. Es sind sicherlich Haare. Und sicherlich nicht seine eigenen.

„Was denkst du, wie spät es..."

Wieso legt mir Timo den Zeigefinger auf meinen Mund? Der Mann ist doch schon viel zu weit weg um mein Geflüster zu hören. Jetzt zieht Timo mich weg. Hier muss noch eine andere Person sein. Jetzt höre ich auch das Rascheln. Direkt hinter uns. Ich kann nur leider nicht sehen, wer es ist. Hinter diesem Busch erkennt man wirklich gar nichts. Dafür kann ich hören, wie die Person langsam an uns vorbei läuft. Der Mann müsste nun schon längst weg sein.

„Das ist doch eklig hier."

Ja, ich finde Leichen auch... Warte Mal, das ist doch Anette! Und ich muss sofort verhindern, dass sie an dieser Stelle in die Geschichte eingreift!

„Lass mich los, Timo."

Ich muss mich beeilen. Anette holt schon ihr Handy raus. Sie will sicherlich Zeugin spielen, um zu bestätigen, dass der Mörder derjenige ist, von denen später Haare am Tatort gefunden werden. Aber das wird nicht eintreten, denn soeben landet das Handy von der Droste-Hülshoff auf dem Boden. Echt gruselig, wie diese nun weiter läuft. Ich hoffe, sie irrt so die ganze Geschichte im Wald herum. Sodass sie nicht noch für Verwunderung sorgt.

„Was ist mit ihr?! Wieso konntest du ihr so einfach das Handy aus der Hand schlagen?!"

„Das war nicht die wirkliche Anette, sondern nur eine Kopie von ihrem Handeln, als sie in diese Geschichte eingegriffen hat. Sie reagiert nur auf dieselben Ereignisse wie die richtige Anette, als sie hier war. Doch diese Kopie kann nicht auf uns reagieren. Durch mein Eingreifen gerade habe ich sie sozusagen ausgeschaltet. Sie läuft jetzt einfach herum und kann auf niemanden mehr reagieren."

„Das bedeutet dann, dass wir unsere Arbeit erledigt haben und diese Geschichte wieder zu einem guten Ende führt."

Leider hat er Recht.

„Ach Pia, wir werden schon noch unser Abenteuer in einer anderen Geschichte finden."

Das bezweifle ich, denn Scheiße, da ist dieser Mann. Und schon liege ich auf diesem matschigen Waldboden. Hätte der Autor nicht einen Wald im Sommer mit trockenem Boden nehmen können? Der Mann hat uns, glaube ich, nicht gesehen. Jedenfalls hat sich Timo auch auf den Boden geschmissen. Und das Geräusch, das dabei entstanden ist, wurde sicherlich selber von dem Mann durch sein Rascheln übertönt. Aber was macht er hier? Hat er etwas vergessen? Wie eklig dieser Matsch ist!

„Pia, wenn ich deine Hand nehme, dann rennen wir so schnell es geht los."

Es wird doch noch spannend werden." ######

Im nächsten Moment wurde Pia auch schon bewusst, wieso sie die Hand von Timo spürte und die beiden gemeinsam aufsprangen und losrannten: Der Mann hatte nur so getan, als hätte er die beiden nicht gehört. Stattdessen waren ihm die beiden schon vorher aufgefallen, als er die Frau umgebracht hatte. Und ja, er war nicht zurückgekommen, weil er was vergessen hatte, sondern, weil er seine Pistole aus dem Auto holen musste, um Pia und Timo leichter umzubringen. Timo hatte dies schon längst durchschaut gehabt und seinen Plan mitgespielt. Außer an dieser einen entscheidenden Stelle, als die beiden plötzlich aufsprangen und wegrannten. Hätten die beiden dies nicht gemacht, wäre es ein Kinderspiel für den Mann gewesen, sie im Liegen plötzlich, ohne Vorwarnung, zu erschießen. Aber stattdessen rannten die beiden nun weg, bevor der Mann sie überraschen konnte. Pia dagegen wäre auf den Mann reingefallen. Das wurde ihr nun beim Rennen bewusst. Der Wald war dicht. Zum Vorteil für die beiden, denn einige Kugeln prallten an den Bäumen ab, bevor sie einen von den beiden treffen konnten. Jedoch war der Mann schnell und schon gefährlich nah. Irgendwann würde eine Kugel einen von ihnen treffen. Und was war dann? Pia musste sich noch um ein anderes Problem Sorgen machen. Denn sie besaß nicht so viel Ausdauer wie der Mann und Timo. Während sie das Gefühl hatte Timo wurde immer schneller, wurden ihre Kräfte immer schwächer. Lange konnte das für sie in diesem Sprinttempo nicht weiter gehen. Dann kam jedoch die Rettung. Sie kamen zum Waldrand, wo ein kleines unbewohntes Haus stand. Dort konnten sich die beiden vielleicht einschließen bevor der Mann sie erschoss. Und in diesem Haus würden die beiden sicherlich auch die Ruhe finden, die Dimension der Fantasien zu verlassen. Beim Rennen hatten die beiden auch schon daran gedacht, einfach zu verschwinden. Aber dafür brauchte man nun einmal viel Vorstellungskraft, um die Tür zu öffnen und diese Kraft war eingeschränkt, wenn man um sein Leben rannte. Timo und Pia schafften es übrigens in diesem Moment das Haus zu verschließen, bevor der Mann sie eingeholt hatte. Jedoch waren nicht alle Fenster verriegelt und der Mann schaffte es durch das Einschlagen des Fensterglases in das Haus zu kommen, bevor Timo und Pia sich vorstellen konnten, wie sie mit Hilfe ihres Charakters die Tür öffneten. Allerdings war beim Einschlagen des Fensters die Pistole kaputt gegangen, sodass der Mann nun sein Messer raus holte. Aber Timo rannte auf ihn los und entwaffnete ihn geschickt. In solchen Dingen hatte er viel Übung. Er verletzte sich dabei nicht einmal. Pia war in der Zeit heraus gerannt und hatte die Fenster von außen verriegelt, sodass sie den Mann in das Haus einsperren konnten. Dieser spontan überlegte Plan gelang den beiden auch, denn Timo verließ schnell das Haus und der Mann war im Haus eingesperrt. Als die beiden nun in Sicherheit waren, ergab sich für Timo eine interessante Frage:

„Was wäre eigentlich passiert, wenn ich gestorben wäre? Wäre ich dann nur hier gestorben? Ich wäre auch in Wirklichkeit tot gewesen, oder?"

„Ja, du wärst wirklich gestorben. Wobei es nicht schlimm gewesen wäre, wenn nur einer von uns gestorben wäre. Denn der Überlebende hätte beim neuen Durchlauf der Geschichte den anderen retten können."

„Wenn ich also gestorben wäre, dann wäre ich bei jedem Durchlauf an derselben Stelle gestorben? Und die Erinnerung daran, wäre immer ausgelöscht geworden?"

„Genau sicher bin ich mir zwar nicht, aber das wäre jedenfalls am logistischsten."

„Und wenn du überlebt hättest, wärst du gekommen und

hättest mir erzählt, dass ich umkommen werde und so hättest du mich retten können."

„Genau. Die Frage ist nur, ob diese Geschichte trotzdem noch gut ausgeht, wo wir ihn jetzt eingesperrt haben."

Timo erkannte: „Ich glaube, wir haben die Geschichte gerade noch mehr in Unordnung gebracht, als sie davor war."

„Aber vielleicht geht sie ja trotzdem gut aus. Ich schlage vor, wir verschwinden nun trotzdem. Falls die Geschichte doch schlecht ausgeht, dann werden wir wieder in diese Geschichte zurück geleitet, wenn wir das nächste Mal in die Dimension der Fantasien reisen."

„Und die Reihenfolge, in welcher Geschichte wir landen, bestimmt Anette?"

„Ja, ich glaube, dass nach dieser Reihenfolge Anette die Geschichten durcheinander gebracht hat. Aber wie viele sie schon bereits zerstört hat, wissen wir nicht."

„Und nach welchem Prinzip reist Anette? Kann man sich irgendwie wünschen in welche Geschichte man reist?"

„Ich weiß es nicht. Aber sie wird sicherlich nicht noch einmal in einen Krimi reisen, so angewidert wie sie die Leiche angeschaut hat."

Timo musste schmunzeln, aber im selben Moment fiel Pia auf:

„Wir haben da etwas total vergessen. Und zwar wollte Anette doch 20 Uhr zu Hause sein und wenn wir nun zurück reisen, werden wir plötzlich in ihrem Haus landen. An der Stelle, wo wir auch verschwunden sind."

„Was, wenn sie schon eher da ist?"

Diese Reise war ja mal so gar nicht durchdacht. Das fiel auch Pia in diesem Moment auf.

„Es kam schon öfters einmal vor, dass sie eher kam."

„Weil sie nicht genau weiß, wie lange sie braucht, um eine Geschichte zu zerstören."

Und wenn die beiden Pech hatten, bekam Anette mit, dass sie nicht da waren. Vielleicht sah sie sogar, wie die beiden plötzlich aus dem Nichts in ihrer Wohnung auftauchten. Dann wüsste sie sofort, was hier im Gange war, und sie könnte für die beiden gefährlich werden. Und vor allem konnten sie Anette nicht mehr so leicht an ihrem Vorhaben hindern. Pia und Timo hofften einfach, dass dieser Fall nicht eintrat. Und tatsächlich trat dieser Fall nicht ein. Und Frau Droste-Hülshoff bekam nicht mit, wie die beiden plötzlich erschienen. Doch dafür war Anette wirklich schon eher gekommen, denn Timo sah ihre Tasche neben der Tür hängen. Und im nächsten Moment hörten die beiden auch schon ihre Stimme, wie sie durch das Haus die Namen der beiden schrie. Anette suchte sie. Und sie durfte keinen Verdacht schöpfen. Diese Angst besaß auch Pia:

„Ich höre Anettes Schritte, wie sie näher kommen. Was erzählen wir ihr nun? Unsere Pause wäre eigentlich schon längst zu Ende gewesen und wir hätten eigentlich schon das Abendbrot vorbereiten sollen. Was habe ich mir nur dabei gedacht, als Timo und ich plötzlich verschwunden sind? Es darf doch Anette nicht auffallen, dass wir ihr Geheimnis wissen. Aber eigentlich hatte ich gar nicht damit gerechnet, dass meine verrückte Idee wirklich klappt und als es dann geklappt hat, war ich zu fasziniert und abgelenkt davon, sodass ich dieses Problem völlig vernachlässigt habe. Jetzt sind Anettes Schritte schon ganz nah. Gleich wird sie… Was macht denn Timo?! Das erste Mal, dass er mich küsst. Aber ich verstehe seinen Plan. Und spiele ihn gerne mit. Seine

Lippen fühlen sich wunderbar an. Ob das Küssen nicht schon etwas zu intensiv ist?

„Das geht hier also vor sich!"

Ja, genau. Wir sind nur verliebt und würden die Droste-Hülshoff niemals an ihrem Vorhaben hindern.

„In welchem Zimmer wart ihr die ganze Zeit?"

Gute Frage. Auf jeden Fall nicht in der Dimension der Fantasien.

„Oh Verzeihung, wir haben die Zeit völlig vergessen."

Schlau von Timo. Einfach irgendetwas anderes erwidern. Denn wir wissen ja nicht, in welchen Zimmern sie bereits nach uns gesucht hat.

„Ihr beiden Turteltauben könnt euch freuen, denn ich entlasse euch heute früher. Ihr habt Glück, denn ich habe heute schon unterwegs Abendbrot gegessen, sodass ihr mir nur noch ein heißes Bad einlassen müsst und dann könnt ihr auch schon abzwitschern."

Anscheinend musste sie etwas essen, um eine Geschichte durcheinander zu bringen. Interessant. Aber Anette ist fleißig und sie wird sicherlich nicht lange in ihrem heißen Bad liegen, sondern stattdessen noch einmal in die Dimension der Fantasien reisen. Irgendwie muss es doch möglich sein, sie daran zu hindern. Vielleicht hat ja Timo noch eine Idee."

Das hatte er allerdings auch nicht. Ihm wurde in diesem Moment jedoch auch die Problematik der ganzen Sache bewusst. Es wurden immer mehr zerstörte Geschichten, doch Anette konnte nicht so einfach aufgehalten werden. Wenn man sie beispielsweise einsperren würde, könnte sie trotzdem noch verschwinden und in die Dimension der Fantasien reisen. Es galt daher rauszubekommen, wie sie überhaupt in der Lage war, dorthin zu reisen. Pia vertraute Frau Roth und ihrer Annahme, dass Alicia als einzige den Schlüssel besaß. Und Anette hatte auch keinen Partner, sodass es eine dritte Möglichkeit geben musste, wie man dorthin reisen konnte. Und um diese Möglichkeit rauszubekommen, würden die beiden nicht so schnell abzwitschern, sondern stattdessen in der Nähe des Hauses bleiben. Aber bevor sie das Bad einlassen konnten, stießen sie auf eine interessante Entdeckung, welche so einiges verändern würde.

Denn Pia entdeckte in Anettes Zimmer ein Buch. Von weitem sah es wie ein ganz gewöhnliches Buch aus. Aber Pia wollte sich dieses Buch von Nahem anschauen, denn sie war daran interessiert, welche Geschichte sie las. Denn sicherlich würde Anette diese Geschichte zerstören wollen. Doch dieses Buch war gar keine Geschichte, was Pia erst auffiel, als sie die erste Seite überflog. Denn am Titel ließ sich dies nicht feststellen, da dieser lautete: „Der Schatz der Menschheit". Auf der ersten Seite stand geschrieben:

Der Schatz der Menschheit? Was ist das? Es ist unsere Fantasie. Sie macht uns Menschen nämlich aus, denn durch Fantasie entwickeln wir uns in jeder Zeit weiter. Durch Fantasie sind wir überhaupt erst in der Lage, unsere Umgebung zu hinterfragen und zum Vorteil für uns auszunutzen. Sie unterscheidet uns von den anderen Lebewesen auf unserem Planeten. Und da Fantasie so wichtig für uns ist, existiert eine Welt, in der sie abgespeichert ist.

Pia war total begeistert und überwältigt, als sie dies las. Denn sie war sich sicher, dass in diesem Buch noch mehr interessante Sachen stehen würden. Vielleicht würde sie dort auch den Grund für Anettes gesamtes Vorhaben finden. Doch dafür zeigte Pia erst einmal Timo ihre verblüffende Entdeckung. Timo war auch überrascht und zusammen fotografierten sie sich so schnell, wie es ging, alle Seiten mit Pias Handy ab. Es waren viele Seiten und es dauerte fast 10 Minuten bis sie mit der Hälfte fertig waren. In dieser Zeit hätten die beiden schon längst beginnen können, das heiße Bad einzulassen. Damit Anette kein Verdacht bekam und sich nicht wunderte, wieso die beiden solange brauchten, teilten sie ihre Aufgaben auf, sodass Timo alleine das Bad einlies, während Pia in der Zeit den Rest abfotografierte. Pia hoffte nur, dass alle Bilder auch scharf wurden. Aber das wurden sie, wie Pia später bemerkte, als sie die Texte auf den Bildern laut vorlas. Sie hatten in Timos Auto gesessen, um sich in Ruhe alles durchzulesen. Interessant war, dass das Buch per Hand geschrieben wurde. Und zwar von einem Olaf. Dieser wurde 1964 geboren und war zu seiner Zeit, als er lebte, der Mensch mit dem Schlüssel zur Dimension der Fantasien. Aber lies doch einfach selber:

Wieso schreibe ich dieses Buch? Derjenige, der dieses Buch finden wird, wird auch selber einen Schlüssel besitzen und hierher in die Dimension der Fantasien reisen. Doch auch wenn dir dein Schlüssel schon einiges berichtet hat, ist dieses Wissen gar nichts, zu der

Menge an Wissen, welche sich in diesem Buch befindet. Denn es gibt viele Sachen, die du noch nicht wissen kannst. So habe ich, seit ich zwölf bin, dieses Buch mit allen möglichen Sachen befüllt, die ich in meinem Leben über diesen wundervollen Ort lernen konnte. Ich selber bin verrückt nach diesem Ort und habe meine Familie und Freunde verlassen, um oft hierher zu reisen. Ich habe viele Abenteuer erlebt, welche ich dir in diesem Buch erzählen möchte. Doch vor allem habe ich so viel lernen können. All die Geheimnisse die ich weiß, möchte ich dir mitteilen, damit du an dieser Stelle weiter machen kannst. Denn es gibt immer noch sehr viel zu lernen. Und alle neuen Dinge, solltest du so wie ich, auch sorgsam aufschreiben und für deinen Nachfolger an dem Platz aufbewahren, wo du dieses Buch gefunden hast. Damit dieser dein Werk wieder weiter fortführen kann.

Pia kombinierte an dieser Stelle richtig: „Dieses Buch muss irgendwo in der Dimension der Fantasien gestanden haben. Und zwar an einem Ort, an den man normaler Weise geschickt wird, wenn nicht gerade ein paar Geschichten zerstört wurden. Es muss einen zentralen Ort geben. Und an genau diesen wurde Anette beim aller ersten Mal geschickt, sodass die Falsche das Buch in die Hände bekommen hat. Doch was noch interessanter ist, dass ich vermute, dass dieser Olaf noch lebt, denn auch wenn es stimmt, dass es nur einen Schlüssel und ein Schloss zu einer bestimmten Zeit geben darf, glaube ich, dass er noch lebt und zwar in einer Geschichte. Er muss in einer Geschichte gefangen sein. Denn ich bin nicht dumm und kann Mathe. Wenn er 1964 geboren wurde, dann müsste er heute um die 55 sein. Also eigentlich noch leben. Da Alicia aber 2002 geboren ist, müsste er schon mit etwa 40 gestorben sein. Und auch wenn er reintheoretisch an einem natürlichen Tod oder einem Unfall sterben hätte können, gehe ich nicht davon aus."

„Du hast Recht, Pia!"

„Lass uns weiterlesen, ich glaube, es gibt noch so einiges zu erfahren."

Allein das Wissen, mehr über diesen wundervollen Ort zu erfahren, hat mich die ganze Zeit gepackt. Und es wird dich sicherlich auch packen, denn du müsstest mir eigentlich sehr ähneln. Zu mindestens in den drei Punkten, welche jede Person hat, die in der Lage ist, den Schlüssel zu besitzen. Und diese Eigenschaften wären: Erstens natürlich das Vorhandsein von viel Fantasie. Ohne diese wärst du ja gar nicht in der Lage gewesen, dir diesen bezaubernden Ort vorzustellen und hierherzureisen. Das wäre die wichtigste Eigenschaft gewesen. Aber es folgen noch zwei weitere. Denn außerdem müsstest du ein machtloser Mensch sein. Was das noch genau zu bedeuten hat, findest du im Kapitel mit der Überschrift „Der Ursprung der Dimension der Fantasien". Auf jeden Fall liebst du diesen Ort auch und würdest ihn niemals zerstören. Zerstören?! Ja das geht, wenn du nämlich eine Geschichte zu einem schlechten Ende bringen würdest. Aber dazu nicht mehr an dieser Stelle. Die letzte wichtige Eigenschaft ist es, dass du dir treu bleibst. Du bist ein Mensch, der nicht auf Veränderungen steht. Und diese Eigenschaft ist dahergehend so wichtig, da es sehr gefährlich für dich werden könnte, wenn du dich während einer Geschichte auch nur leicht veränderst. Denn dann würde dein Schlüssel plötzlich verschwinden und du wärst für immer in der Dimension der Fantasien gefangen. Selbst wenn du dich wieder zurück verändern würdest, würde es dir nicht gelingen, deinen Schlüssel zurückzurufen, denn er wäre in der Dimension des Charakters gefangen.

„Ich will unbedingt dieses Kapitel lesen." Pia blätterte wie wild in dem Buch rum, bis sie irgendwann auf das Kapitel stieß.

Der Ursprung der Dimension der Fantasien.
Wie schon erwähnt, wird an diesem Ort unsere Fantasie gespeichert. Doch dieser Ort stellt auch unsere Macht der

Menschheit dar. Wenn Geschichten zerstört werden, schwindet auch unsere Fantasie. Doch nur bis zu einem bestimmten Zeitpunkt. Ein paar zerstörte Geschichten bewirken eine nur minimale Veränderung, die nur die wenigsten überhaupt wahrnehmen können. Doch wenn es viele zerstörte Geschichten sind, werden wir so fantasielos, dass sich auch unser Charakter verformt und du wärst auch nicht mehr in der Lage hierher zu reisen. Ab einem bestimmten Punkt, besäßen wir gar keine Fantasie mehr. Was für ein sinnloses Leben das wäre! Ab einem bestimmten Punkt würde diese Macht, welche plötzlich aus unseren Köpfen verschwinden würde, sich verwandeln. Und zwar in eine Macht, welche uns ermöglicht viel Geld und anderen Reichtum zu besitzen. Nach meiner Meinung nichts Besonderes. Aber es gibt viele Menschen auf dieser Welt die machtbesessen sind, aber du bist es ganz sicherlich nicht.

„Endlich wissen wir den Grund für Anettes Handeln!" Pia freute sich. Aber zugleich war ihr dieser Grund auch unheimlich, denn Anette wollte Macht und es schien so, als würde sie alles dafür tun, um diese Macht auch zu erlangen. Pia und Timo lasen noch viele Seiten. Vieles davon waren Abenteuer, die erklärten, wie er zu seinen ganzen Informationen kam. Doch das wäre zu viel, um

dies an dieser Stelle aufzulisten. Hier ein paar
Ausschnitte:

Wann schafft es eine Geschichte in die
Dimension der Fantasien? Jede
Geschichte, die aufgeschrieben wird und
ein gutes Ende besitzt, läuft hier in
Dauerschleifen ab.

Eine lange zerstörte Geschichte ist
genauso schlimm, wie eine kurze
Zerstörte. Daher wäre es am sinnvollsten
Kurzgeschichten zu beschädigen, wenn
man die Dimension der Fantasien
auslöschen möchte. Da es einfacher ist,
eine kurze Geschichte zu zerstören.

Bei Geschichten mit mehreren Teilen,
also mit Fortführungen der Geschichte,
laufen nicht alle dieser Teile zur selben
Zeit ab, sondern hintereinander. Wobei
man den Wechsel zum nächsten Teil
merkt. Vor allem wenn Zeitsprünge
zwischen einer Geschichte und deren
Fortführung liegen, finden diese
Zeitsprünge auch statt. Und werden
nicht, wie gewöhnlich ignoriert, sodass
die Zeit für die Charaktere der
Geschichte in gleichbleibender Zeit
abläuft.

Der Autor einer Geschichte hat oft ein
Bild von seinen Figuren im Kopf. Dieses

Aussehen nehmen die Personen auch an. So wie den Charakter, den sich der Autor beim Schreiben genau überlegt, welcher aber nicht genau im Buch selber beschrieben wird. Allerdings kann sich ein Autor schlecht alle Charaktere seiner Geschichte überlegen. Das geschieht hier automatisch. Jede Person, die auch nur unbedeutend an der Geschichte teilnimmt, besitzt einen vollen Charakter. Zufällig bekommen sie alle fehlenden Charaktereigenschaften. Hauptsache, sie beeinflussen die vorgegebenen Eigenschaften nicht.

Zu genau einem Zeitpunkt kann es nur einen Schlüssel und ein Schloss geben. Aber wenn wir die Zeit nicht beachten, könnte es eigentlich unendlich viele Schlüssel geben. Sollte es jemals zur gleichen Zeit mehrere Schlüssel und Schlösser geben, dann stimmt etwas nicht. Und der Schutzmechanismus der Dimension der Fantasien tritt in Kraft. Dann werden alle Veränderungen, die durch uns hervorgehoben wurden, zurückgesetzt und die Dimension der Fantasien scheint so, als wäre sie nie von uns betreten wurden. Und niemand ist mehr in der Lage dorthin zu reisen. Aber dieses Unglück wird schon nicht geschehen.

6. Kapitel: Der Kampf ist noch lange nicht beendet

Pia und Timo beschlossen, die nächsten Geschichten in Ordnung zu bringen. Nun hatten sie viel erfahren und wussten umso mehr, wie wichtig es war Anette aufzuhalten. Allerdings war die Zeit wie im Flug vergangen und es war bereits nach Mitternacht. Aber die beiden waren sehr zielstrebig und wollten wenigstens noch eine Geschichte in Ordnung bringen. Doch dieses Mal landeten sie nicht in einem aufregenden Krimi, sondern in einer Geschichte, welche ziemlich veraltet klang. Jedenfalls war die Sprache, welche dort gesprochen wurde, nicht die aktuelle. Und Timo und Pia gaben es schließlich auf, diese Geschichte zu verstehen. Doch plötzlich machte Pia wieder eine interessante Entdeckung. Diesen Körper kannte sie doch irgendwo her! Ja, genau. Das war doch Alicia, wie sie gerade mit diesem einen Mann sprach. Jetzt ging dieser weg. Pias Gelegenheit zu Alicia zu gehen. Pia war so überrascht sie zu sehen. Wieso war sie hier? Sie wollte doch viel länger auf der Party bleiben. Aber Alicia war natürlich noch viel überraschter, als sie plötzlich Pia erblickte. Wie war es nur möglich, dass sie hier sein konnte?! Das ergab doch gar keinen Sinn! Und war das hinter Pia Timo? Ja, das musste er sein. Der erste, der etwas sagen konnte, war Chakro:

„*Pia, was zum Teufel machst du hier?!*"

„Das muss Chakro sein. Nett dich kennenzulernen. Ich bin Timo. Und dann bist du Alicia."

„Richtig. Ich freue mich auch, dich endlich kennenzulernen. Aber ich wüsste nur zu gerne, wie das hier überhaupt möglich ist."

Also fing Pia an: „Oh, Alicia wie gut dich zu treffen. Es

gibt so viel, was ich dir erzählen muss. Zuerst erst einmal, wie Timo und ich überhaupt hierher reisen konnten. Ich hatte da so eine verrückte Idee, dass es auch durch die Liebe, also durch eine Person, die so ähnlich ist wie du, möglich sein muss, in die Dimension der Fantasien zu reisen. Und es hat geklappt. Eine Geschichte haben wir auch schon in Ordnung gebracht. Es war ein Krimi. Aber viel spannender ist noch, dass wir bei Anette ein Buch gefunden haben, welches von Olaf stammt, der genau wie du durch ein Wesen, wie Chakro, in Dimension der Fantasien reisen kann. Doch allerdings muss Anette irgendwie auf dieses Buch gestoßen sein und hat Olaf in irgendeiner Geschichte umgebracht, sodass ein neuer Schlüssel, also Chakro „geboren" werden konnte. Wir müssen ihn irgendwie finden. Wenn genügend Geschichten zerstört wurden, dann wird Anette viel Macht und Reichtum haben, wonach sie strebt und was der Grund für ihr Handeln ist. Aber jetzt möchte ich erst einmal wissen, wieso du hier und nicht auf Kilians Feier bist. Auch wenn man es dir nicht sofort ansieht, aber ich erkenne an deinen Augen, dass du geweint hast."

„Es ist … es ist so viel Schreckliches passiert. Ich... *Alicia wäre beinahe gestorben. Denn Kilian muss sich irgendwie Feinde gemacht haben. Und diese Feinde sind irgendwelche Kriminellen, die Alicia umbringen wollten.* Und Chakro wollte mich die ganze Zeit warnen und ich habe nicht auf ihn gehört und mein Charakter hat sich plötzlich verformt, sodass ich ihn nicht mehr zurückholen konnte. *Außer dann, als Alicia gerade abgeknallt werden sollte. In letzter Sekunde konnten wir hierher fliehen."*

Pia war geschockt. Hatte sie nicht vorhin noch darüber

nachgedacht, wie schlimm es für Alicia sein musste, wenn sie ganz knapp den Tod entkommen würde? Pia konnte es nicht fassen und nahm Alicia in den Arm, da sie wusste, wie sehr sie in den letzten Stunden gelitten haben musste. Und Alicia brauchte jemanden, der sie in den Arm nahm, sodass sie sich gleich viel stärker und nicht mehr so alleine fühlte. Aber Timo hatte da noch eine Frage:

„Weißt du vielleicht, wie die hießen?"

„Nico, Keniv, Daniel und Max."

Timo kannte sie: „Die sind wirklich gefährlich und schon gesucht beim Geheimdienst, da sie die Polizei nur zu gut an der Nase herumführen. Ich arbeite seit einem halben Jahr beim Geheimdienst und ich wollte damals auch lieber diesen Fall übernehmen und sie übers Ohr hauen. Doch dann sollte ich lieber rausbekommen, woher der Reichtum von Anette stammt, da dieser Fall sicherlich nicht so gefährlich werden würde. Dann werden wir nun versuchen, die vier erst einmal zu schnappen." „Habt ihr diese Geschichte in Ordnung gebracht?"

„Wir hoffen es zumindest."

„Das ist gut. Uns war diese Geschichte nämlich viel zu schwer. Wir haben gar nicht gewusst, was dieser Typ uns geantwortet hat, als wir gefragt haben, wieso er so wütend ist. Und dann hat der irgendetwas erzählt, dass ich mich einstellen soll. Und ich habe mich die ganze Zeit gefragt, worauf ich mich einstellen soll. Dann haben Timo und ich aufgegeben und sind zum Glück auf euch getroffen."

Chakro freute sich, dass Pia „euch" gesagt hatte und sie ihn somit nicht vergaß.

Alicia klärte auf: „Stelldichein ist ein Date."

Pia brauchte einen kurzen Moment, dann fiel ihr jedoch auf: „Das ergibt Sinn. Das wollte er uns also sagen!"

Aber Timo interessierte sich mehr für die vier Jungs: „Was hatten diese Jungs genau vor?"

„Wir wissen selber nicht viel. Aber auf jeden Fall, muss Kilian... Kilian ist mein Freund *Und dieser muss irgendetwas gemacht haben, wofür sie sich rächen wollten. Und ihm zeigen, dass er sich mit den Falschen angelegt hat. Aber sie haben auch erzählt, dass das Töten von Alicia nur der erste Schritt von ihrem Plan war. Sie wollen noch irgendetwas mit Kilian machen.* Ich habe so Angst, dass Kilian was zustößt."

Gerade war Alicia noch durch diese Geschichte, in der sie sich befand, abgelenkt gewesen, doch nun kamen ihre ganzen Erinnerungen an den Abend wieder. Und sofort wurde Alicias Stimmung ernst. Was, wenn es schon zu spät war und sie lieber nicht diese Geschichte in Ordnung hätte bringen sollen?

Pia war der Ernst der Lage ebenso bewusst: „Timo und ich verlassen sofort die Dimension der Fantasien und fahren zu der Party. Es wird sicherlich eine Weile dauern, bis wir dort sind und reinkommen."

Timo hatte noch eine Frage: „Sie wollten dich sicherlich draußen umbringen."

Alicia nickte.

„Ich kenne diese Anlage. Sie ist gefährlich. Weil es eine große Fläche draußen gibt, die dazu gehört, wo jedoch für gewöhnlich niemand hingeht, wenn er frische Luft schnappen will. Wir sollten uns beeilen."

„Und du, Alicia, gehst sofort zurück. Und, Chakro, pass auf sie auf."

Pia wurde bewusst, wie sehr sie Alicia mochte. Sie war für Pia so wie eine kleine Schwester. Und Pia machte sich um sie Sorgen, als wäre es ihre Tochter.

Alicia und Chakro standen wieder dort, wo sie beim Verschwinden keine Sekunde langsamer hätten sein dürfen. Aber zum Glück waren diese Jungs nicht mehr da. Allerdings hörten Alicia und Chakro ihre Stimmen. Und noch eine andere Stimme:

„Was habt ihr mit Alicia gemacht?! Lasst mich sofort zu ihr!"

„Was wäre, wenn sie gar nicht mehr lebt?", fragte Daniel provozierend. Kilian hatte bereits nach Alicia gesucht. Doch es hatte keine Spur von ihr gegeben, also glaubte Kilian den Vieren. Auch wenn sie keine Leiche als Beweis hatten, konnten sie ihren Plan weiterhin fortführen:

„Du hast dich mit den Falschen angelegt, Kilian."

„Ich gebe euch das Geld."

„Das kommt jetzt viel zu spät."

Kilian war außer Fassung und konnte nicht glauben, was gerade passiert war. Das Mädchen seiner Träume sollte nicht mehr am Leben sein?!

„Aber ihr könnt doch nicht einfach Alicia… Sie bedeutet mir alles."

„Und wie wir das können."

„Nun weißt du hoffentlich, wozu wir alles in der Lage sind und unterschätzt uns nicht noch einmal bei den Aufgaben, welche wir dir auf den Weg geben werden. Und zwar solltest du uns bis morgen diese Drogen besorgen."

Keniv überreichte ihm ein Zettel mit einer langen Liste an Drogen, welche eher schwierig zu besorgen waren. Kilian schaute sie irritiert an, als er die Liste überflog. Woher sollte er so schnell diese Drogen bekommen?! Aber er hatte so große Angst vor den vier Jungs. Er würde alles versuchen, um alle Drogen zu besorgen. Der Plan der Jungs hatte gewirkt.

„Du bist so bekannt in dieser Stadt. Du wirst schon alles besorgen können."

„Und um dich noch mehr unter Druck zu setzen, werden wir dir diesen schicken kleinen Chip in deinen Arm einsetzen. Über diesen wissen wir jederzeit, wo du dich aufhältst. Außerdem sind wir in der Lage alle deine Gespräche mitzuhören. Und das Beste an dem Chip: Sollten wir merken, dass du dich verplappert hast und herauskommt, für wen du dies alles besorgst, können wir dich jeder Zeit umbringen. In diesem Chip befindet sich nämlich Gift, welches dein Herz zum Stehen bringt. Und besser noch, man wird die Ursache des Todes nicht finden. Keine Spuren werden zu dem Chip führen. Und so auch keine Spuren zu uns."

Kilian blickte die vier geschockt an. Was hatten diese Jungs nur mit ihm vor! Aber auch Alicia und Chakro waren nun geschockt. Sie konnten nicht zulassen, dass sie diesen Chip einsetzten. Denn das würde bedeuten, dass die Jungs Kilian jederzeit umbringen konnten. Alicia musste Kilian zeigen, dass sie noch lebte. Doch das war viel zu gefährlich und es war nicht genau absehbar, was passieren würde, wenn sie wieder vor den Augen der Jungs verschwinden würde. Alicia brauchte Timo und Pia.

Timo fuhr schnell. Sehr schnell sogar. Pia stellte fest, dass er auch gut Krankenwagenfahrer hätte werden können. So oft, wie er auf dieser Fahrt die Verkehrsregeln missachtete und über rote Ampeln fuhr. Aber Timo behauptete, dass es sich hierbei um einen Notfall handelte. Und falls er angehalten werden würde, hätte er seinen Ausweis dabei.

Zum Glück waren die Straßen um diese Zeit so gut wie leer.

Alicia hatte keine Ahnung, was sie machen könnte. Genau wie Chakro. Nun holte Nico aus seiner Tasche auch schon den Chip hervor. In diesem Moment kam Alicia eine Idee, wie sie zumindest das Ganze etwas verzögern könnte. Sie holte ihr Handy raus und machte irgendein Lied in voller Lautstärke an. Dann rannte sie weg, bevor die Jungs sahen, von wem die Musik kam. Alle fünf einschließlich Kilian erschraken, als plötzlich aus der Ecke ein ungewöhnliches Lied kam. Alicia hatte nämlich in der Schnelle ein Lied angeklickt, was schon auf ihrem Handy drauf gewesen war. Und das war ein klassisches Lied gewesen. Verwirrt blickten sich die Jungs an. Daniel und Max rannten hin, um festzustellen, dass dort nur ein Handy lag. Doch wem gehörte es? Sie wussten es nicht, aber sie würden es bald herausbekommen. Denn in diesem Moment schrie Alicia aus vollen Kräften: „Kilian lauf weg!"

Kilian erkannte zwar sofort Alicia's Stimme, aber es brauchte einen Moment bis er dann auch weglief. Und Keniv und Nico standen direkt neben ihm und packten ihn, bevor Kilian sich auch nur 5 Meter entfernen konnte. Was würde nun passieren? Alle vier Jungs waren mit Waffen ausgestattet und Kilian konnte nicht so einfach wie Alicia wie vom Erdboden verschwinden. Das einzig Gute in diesem Augenblick war, dass es Zeit brauchte, um den Chip einzusetzen.

Pia und Timo näherten sich ihrem Ziel. Aber es würde trotzdem noch ein paar Minuten dauern, bis sie bei

Alicia waren. Und diese Zeit könnte entscheidend sein. Vielleicht würden die beiden trotzdem viel zu spät erscheinen.

Alicia musste die Jungs ablenken und mehr Zeit schaffen. Dieser Ansicht war auch Chakro. Er war für ein Gespräch und er würde auch gerne selber dran teilnehmen. Doch Alicia würde die Hilfe von Chakro lieber nicht annehmen, denn sie wollte mit der tiefen Stimme von Chakro aus ihrem Mund nicht auch noch Kilian verstören. Und so kam es, dass Alicia zu Kilian lief und die Jungs anschrie: „Lasst ihn sofort in Ruhe!" Keniv und Nico blickten zu Alicia rüber. Sie ließen zwar Kilian nicht los, aber waren etwas erschrocken. Nun kamen auch Daniel und Max dazu und packten Alicia. Zwar etwas zaghaft, aber trotzdem konnte sie ihren Kräften nicht entweichen. Alicia und Chakro hofften nur, dass die vier Jungs erst einmal ein Gespräch anfangen würden, bevor sie improvisierten und einen neuen gefährlichen Plan entwarfen.

Pia überlegte, wie die Droste-Hülshoff in die Dimension der Fantasien gelangen konnte. Vielleicht kannte sie doch eine Person, welche so ähnlich war, wie sie. Vielleicht war ja alles ganz anders. Wie in guten Krimis, bei denen sich zum Schluss herausstellte, dass der Mörder eine Person ist, mit der man nie im Leben gerechnet hätte. Was, wenn Frau Roth was mit Anette zu tun hatte? Und die beiden sie nur in eine Falle locken wollten? Es war ja immerhin schon seltsam, dass Frau Roth von der Existenz der Dimension der Fantasien wusste. Ganz allein durch Fantasie. Pia zweifelte plötzlich daran. Aber sie behielt den Gedanken für sich.

Kilian war erfreut Alicia zu sehen. So sehr, dass er für einen Moment vergaß, dass er gerade von den Jungs bedroht wurde. Aber dieser Moment hielt nicht lange an, denn Kilian bemerkte schnell, dass Alicia auch gefangen gehalten wurde. Und das passte ihm so gar nicht:

„Lasst sofort meine Freundin in Ruhe!"

„Wegen ihr brauchst du dir keine Sorgen zu machen. Sie kann doch einfach verschwinden. Und ich frage mich, wie du in der Lage bist, so etwas zu tun?!"

Daniel blickte auffordernd Alicia an. Kilian verstand in diesem Moment nichts. Was meinte er mit 'einfach verschwinden'?

„Jetzt antworte endlich!", verlangte Daniel.

„Ich bin nun einmal in der Lage plötzlich zu verschwinden."

„Aber ist das überhaupt physikalisch möglich?!"

„Ich bin nicht so gut in Physik." Irgendetwas musste Alicia ja sagen.

„Was machen wir denn jetzt mit ihr?", fragte Keniv.

Daniel wusste die Antwort: „Na, was wohl? Wir erpressen die beiden. Da wir nun beide in unseren Händen haben, können wir unseren Plan endgültig in die Tat umsetzen und bringen nun endlich Alicia um. Direkt vor seinen Augen. Eigentlich noch besser. Als wir sie vorhin ermorden wollten, verschwand sie plötzlich vor unseren Augen. Egal, wie sie dies geschafft hat, dies wird deine Freundin nicht noch einmal tun. Denn sollte sie wieder verschwinden, werden wir dich, Kilian, umbringen."

Diese Jungs waren raffiniert. Und viel zu schlau für Alicia und Chakro, wie die beiden in diesem Moment bemerkten. Kilian verstand die Welt nicht mehr. Was meinten diese Jungs mit 'Verschwinden'? Aber Kilian nahm diese Information einfach so hin und ging davon aus, dass er was falsch verstand. Was ihn nur verwirrte, war eine ganz andere Tatsache:

„Wenn du dich gerade in Sicherheit gebracht hast, wieso kommst du dann wieder? Gerade ist für mich die Welt zusammen gebrochen, weil ich erfahren musste, dass du angeblich tot bist und im nächsten Moment sehe ich dich und freue mich so riesig. Und jetzt… und jetzt kann ich wieder einmal nicht fassen, was gerade passiert! Wieso konntest du nicht in Sicherheit bleiben?"

„Weil ich nicht zulassen konnte, dass sie dir so ein gefährlichen Chip einsetzen."

Und dass außerdem Timo so in der Lage wäre, hoffentlich bald die vier Jungs ohne Problem einzusperren. Das war der eigentliche Plan. Alicia sollte nur Zeit schinden, damit Timo noch rechtzeitig kommen würde. Allerdings durchschauten diesen Plan auch die Jungs:

„Wir bringen sie jetzt sofort um. Auch wenn ein langsamer Tod noch qualvoller für Kilian wäre. Diese Göre hat doch sicherlich schon längst die Polizei gerufen!"

Und so zückte Max auch schon seine Pistole. Kilian versuchte, sich mit allen Kräften von Daniel und Keniv loszureißen. Vergeblich. Nun hielt Daniel Kilian auch das Messer an die Kehle. Pia und Timo würden zu spät kommen. Dachte Alicia. Wieder stand sie in dieser Nacht unter Schock und konnte nicht klar denken. Doch dieses Mal war sie wenigstens nicht allein:

„Lasst sofort dieses Mädchen in Ruhe."

Nun blickte Kilian gar nicht mehr durch. Wer zum

Teufel war diese Stimme aus Alicias Mund?!

„Ich bin Chakro, der leibliche Beschützer von diesem wundervollen Mädchen. Und ich bin nicht nur in der Lage, dieses Mädchen vor euren Augen verschwinden zu lassen! Ich kann noch ganz andere Sachen. Ich würde daher an eurer Stelle die Finger von Alicia lassen. Und natürlich auch von Kilian!", log Chakro.

Jedoch war diese Drohung den Jungs nicht ausreichend und Max schoss auf Alicia. Kilian schloss die Augen. Als er sie im nächsten Moment zaghaft öffnete, war Alicia nicht mehr da. Sie war verschwunden und auf Befehl von Chakro in die Dimension der Fantasien gereist, denn Pia und Timo hatten es doch noch rechtzeitig geschafft. Da es dunkel gewesen war und die Jungs durch Chakros Gerede abgelenkt waren, hatten sie die beiden nicht bemerkt. Alicia und Chakro allerdings schon. Timo und Pia hatten beide Pistolen in der Hand, welche die Jungs betäuben würden. Jedoch hatte jeder nur eine und zusammen konnten sie nicht alle vier betäuben, daher betäubten sie zuerst die zwei Jungs, die bei Kilian standen. Sie fielen sofort um. Davor war zum Glück Alicia verschwunden, sodass die Kugel aus der Pistole von Max nicht Alicia traf. Durch den Knall hatten Daniel und Max zum Glück gar nicht mitbekommen, dass hinter ihnen ihre beiden Freunde wie Domino-Steine umfielen. Und bevor sie dies mitbekamen, wurden sie selber betäubt. Im nächsten Moment erschien auch wieder Alicia von ihrem kürzesten Aufenthalt in der Dimension der Fantasien. Sie erblickte das, was sie sich erhofft hatte: die vier Jungs betäubt und Timo, Pia und Kilian lebendig. Allerdings sah Alicia vor sich einen Kilian stehen, der nun gar nicht mehr durchblickte. Dies änderte aber nichts daran, dass Alicia aus völliger Erleichterung zu Kilian rannte und ihn fest an sich drückte. Sie war so froh, dass wenigstens dieses Problem endlich gelöst zu sein schien. Pia war auch erleichtert, denn ihr fiel auf: „Das war schon wieder total knapp."

Sie liebte zwar diesen Nervenkitzel, aber sie verstand die Tränen, die nun über Alicias Wangen liefen. Es waren Tränen des Glücks. Zweimal innerhalb einer Stunde war Alicia haarknapp dem Tod entkommen. Und dazu hatte auch Pia beigetragen. Sie war gerade sehr stolz auf sich, denn Pia hatte zum ersten Mal solch eine Pistole in der Hand gehabt. Auch wenn es egal war, welches Körperteil man traf, da das Betäubungsmittel überall am Körper wirkte, brauchte es auch Übung überhaupt den Körper zu treffen. Auch Timo war stolz auf Pia, allerdings hatte er damit gerechnet. Pia ähnelte Timo nun einmal sehr. Timo hatte bereits im Auto den Geheimdienst verständigt, sodass dieser Bescheid wusste und es nicht lange dauerte bis dieser kam und die vier Kriminellen mitnahm. Wie Timo dem Geheimdienst genau erklären würde, was passiert sei, war ein anderes Problem, um welches sich Timo später Gedanken machen würde. Kilian hatte beschlossen, als er wieder etwas klarer denken konnte, sofort mit Alicia nach Hause zu fahren. Er wollte in Ruhe verstehen, was genau geschehen war und dafür brachte es nichts, zu warten, bis die ersten Leute etwas von dem Geschehen mitbekamen und er mit Fragen überschüttet wurde, die er eh nicht alle beantworten konnte. Also schlichen sich die beiden unbemerkt nach draußen. Und zwar das richtige „Draußen". Raus aus der Anlage von der Feier. Pia und Timo bekamen den Rest auch alleine hin. Bevor Alicia Kilians Fragen beantworten musste, stellte sie lieber die erste Frage an ihn:

„Wieso waren die Jungs so sauer auf dich?"

Diese Frage löste in Kilian plötzlich unheimlich viele Schuldgefühle aus:

„Bevor ich dir die Wahrheit verrate, will ich, dass du weißt, dass ich mich ab sofort vollkommen verändern werde. Und, dass es mir so unfassbar leid tut, was passiert ist. Die vier haben mir Drogen für viel Geld verkauft. Aber ich habe es ihnen nie zurückgezahlt. Ich habe sie auch nur selten gesehen und dachte mir, dass ich schon so davon wegkommen werde. Ich konnte doch nicht ahnen, dass sie gleich meine Freundin umbringen und ich deren Sklave werde."

Kilian stockte plötzlich.

„Was ist?"

„Ich kannte einmal einen Kumpel, der bei einer Feier ums Leben gekommen ist. Es ist schon länger her und alle dachten, er wäre an einer Drogenvergiftung gestorben. Aber ich glaube, dass die Jungs dahinter stecken. Wie gruselig."

Bei dem Gedanken lief ihm der Schauer über den Rücken. Und es fielen ihm noch weitere tödliche Unfälle ein, bei denen es sich vermutlich um Mordfälle handelte, und über die Kilian nun lieber nicht weiter nachdenken wollte. Denn beinahe, wäre Alicia auch eines dieser Opfer geworden.

Dann kam zum Glück auch schon der Bruder von Kilian und fuhr die beiden zu Kilian. Auf der Fahrt konnte Alicia eh noch nicht mit dem Erklären anfangen, da ja Kilians Bruder zuhören würde. Dafür erzählte Kilian Alicia ein paar Dinge, über die sich sicherlich auch sein Bruder freute:

„Ich habe dir noch gar nicht erzählt, wie schick du

136

aussiehst in diesem wunderschönen heißen Kleid. Und ich finde es so süß, wie du dich von Anna schick machen lassen hast, um mir zu gefallen. Nur das Ding ist, dass du mir genauso fällst, wie ich dich das erste Mal gesehen habe. Und auch, wenn ich total geflasht war, als ich dich das erste Mal total geschminkt gesehen habe, weil du nämlich übertrieben schön bist, musst du dich nicht für mich ändern. Denn ich bin hier derjenige, der sich ändern wird und das zwar sofort. Ich habe jahrelang nur Dummheiten gemacht. Ich war zwar immer der Überzeugung, dass ein anderes Leben ohne Abdrehen keinen Sinn hat, aber heute habe ich eingesehen, was für Dummheiten ich gemacht habe. Und ich mich ändern muss, denn du wärst sonst viel zu gut für mich und hättest mich nicht verdient. Daher muss ich mich ändern, denn ein Leben ohne dich würde erst recht keinen Sinn machen. Ich verspreche dir, dass ich ab sofort nicht mehr feiern gehe, ich höre auf mit Alkohol trinken, mit Rauchen, mit Kiffen und mit Drogen nehmen. Du musst so wütend auf mich sein. Das, was ich dir angetan habe, kannst du mir doch niemals verzeihen. Es tut mir so leid."

„Und wie ich dir verzeihen kann! Du hast Fehler begangen, aus welchen du lernst. Und ich schätze es so sehr, dass du dich für mich völlig ändern willst."

Und außerdem wusste Alicia, wie schlimm es sich anfühlte, wenn man sich über sich selber ärgerte. Alicia hatte den Satz: „Es tut mir leid." heute bereits selber sehr oft gesagt.

„Mit was habe ich dich nur verdient?"

Kilian war überglücklich, dass Alicia nicht wütend auf ihn war. Und so nahm er sie in den Arm. Ein Fehler, wie Alicia schnell erkannte, denn auch schon bald merkte sie, wie müde sie war. Die ganze Zeit war sie hellwach gewesen, doch jetzt fehlte das Adrenalin, was sie die ganze Zeit wach gehalten hatte. Es war schon sehr spät für Alicia, die das lange Aufbleiben nicht gewöhnt war. Und der ganze Stress kam noch dazu. Auch wenn es Alicia leid tat, dass Kilian noch mit der Erklärung warten musste, sie war viel zu erschöpft, um Kilian alles zu erklären. Die Erklärung würde immerhin viel Zeit in Anspruch nehmen. Also kam es dazu, dass Alicia nach wenigen Minuten auch schon schlief. Tief und fest, sodass sie nicht aufwachte, als sie von Kilian ins Bett getragen wurde.

Als Alicia aufwachte, lag sie in Kilians Bett. Um ihr lag Kilians Arm, der Alicia wie ein Kuscheltier an sich zog. Er schlief noch. Und er würde wohl noch lange schlafen, denn es war erst früh um neun. Er war daran gewöhnt am Wochenende so lange auszuschlafen. Anders bei Alicia, die durch ihre innere Uhr geweckt wurde. Als sie auf ihr Handy schaute, um zu wissen, wie spät es war, sah sie, dass sie eine Nachricht von Pia bekommen hatte. Sie hatte vor 20 Minuten geschrieben, dass Alicia, wenn es möglich war, in die Dimension der Fantasien reisen sollte. Den Grund hatte sie nicht geschrieben. Aber Chakro war der Ansicht, dass sie nachschauen mussten, denn Pia hatte sogar einen Ort beschrieben, wo sie sich treffen wollten. Dieser sagte zwar Alicia nichts, aber Chakro wusste, wo sich dieser befand. Sie sollten in die Fantasiegeschichte „Bezaubernd" reisen. Aber Alicia wollte nicht schon wieder verschwinden. Kilian brauchte endlich seine Erklärung. Doch Alicia hörte auf Chakro, denn sie würde ihn nicht noch einmal ignorieren und hinterließ so eine Nachricht an Kilian. Sie hatte sich zwar vorgenommen, so schnell wie möglich wieder zurück zu kehren, aber falls Kilian bald aufwachen würde, würde er Bescheid wissen. Oder sich zumindest keine Sorgen machte, wo sie hin war. Und so kam es dazu, dass die beiden in die Geschichte „Bezaubernd" reisten.

Sie landeten in einer verlassenen Burg. Alicia machte sich wieder unsichtbar und umkreiste die Burg, um Pia und Timo zu finden. Dabei bemerkte sie, dass die Burg doch gar nicht so verlassen war. Denn Alicia und Chakro sahen ein paar Menschen langlaufen. Allerdings entdeckten sie Pia und Timo dabei nicht. Wo waren sie nur?

Sie waren auch in der Burg, doch da diese groß war, dauerte es eine Weile bis die vier aufeinander trafen. Pia war erfreut, dass Alicia hergekommen war. Um keine Zeit zu verlieren, erklärte sie auch sofort, was los war:

„Als ich heute früh aufgewacht bin und mir noch einmal die abfotografierten Seiten aus dem Buch angeschaut habe, ist mir etwas aufgefallen, dass Timo und ich gestern etwas übersehen haben müssen. In einer Ecke stand winzig klein geschrieben: Sollte sich dieser Kreis von grün auf rot verfärben, dann droht die Dimension der Fantasien in nächster Zeit zu zerbrechen. Und dieser Kreis war rot. Außerdem stand der Name dieser Geschichte daneben geschrieben. Dieses Buch ist kein normales Buch. Es ist mit Magie versehen, welche uns helfen will. Also brachen wir beide auf, um den Autor von diesem Buch zu finden. Olaf müsste er heißen. Und er müsste sich dementsprechend in dieser Geschichte befinden. In dieser Geschichte stirbt er jedes Mal an derselben Stelle. Aber wir haben ihn bisher noch nicht gefunden. Und du kannst ihn sicherlich viel schneller finden als wir. Gut, dass du hierhergekommen bist."

„Also Chakro und ich haben bisher so ein paar Leute gesehen. *Aber die sahen nicht wie Olaf aus, sondern wie die Besitzer dieser riesigen Burg mit ihren komischen Anzügen.*"

„Vielleicht haben die aber Olaf gesehen."

Alicia fand die Idee gut. Allerdings war gerade niemand in der Nähe, den sie ansprechen konnte. Also machte sie sich wieder unsichtbar und entdeckte auch schon bald jemanden. Dieser war sichtlich erfreut, einen Gast auf der Burg zu begrüßen:

„Ich dachte mir es schon fast! Endlich wieder ein Gast! Ist alles fein? Oder kann ich dir behilflich sein?"

„Reimen sie immer?" „

Diese Burg ist in diesem Land doch fürs Dichten bekannt!"

Das war ja eine ulkige Geschichte.

„Ich hätte da noch eine andere Frage: Ist zurzeit vielleicht ein gewisser Olaf zu Besuch?" „Tatsächlich, ich erinnere mich. Ein Herr schläft zurzeit hier, das gefällt dir, denn Olaf ist sein Name, folgen sie mir junge Dame. Ich bringe dich zu diesem Herrn, ich hoffe das gefällt dir sehr."

„Ja, das wäre wirklich sehr nett. Aber wir müssen noch schnell meine beiden Freunde holen."

„Wie schön das ist, dass du nicht alleine bist!"

Und so gingen sie zusammen zu Pia und Timo und anschließend zu Olaf. Er schlief gerade in einem Zimmer in der Burg. Doch er wachte auf, als es an seiner Tür klopfte. Er musterte die drei interessiert. Wer waren sie? Es schien so, als wollten sie etwas ganz bestimmtes von ihm. Aber sie sahen nicht wie aus dieser Geschichte aus. Wie war das möglich?

„Stammt ihr drei aus der Dimension der Fantasien?"

Sie schüttelten ihre Köpfe. Olaf legte seine Stirn in Falten und grübelte kurz, bis er richtig kombinierte: „Das bedeutet, dass ich in dieser Geschichte fest sitze und ein Teil von ihr bin. Meine Seele und mein Körper sind in dieser Geschichte gefangen, so dass ich dieselbe Handlung immer wieder neu durchlebe. Und das seit … Wie alt seid ihr?"

Alicia antwortete: „16."

„Seit 16 Jahren bin ich hier schon!"

Für Olaf war der Gedanke gruselig. Seit 16 Jahren erlebte er immer dasselbe. Starb tausendmal, doch bekam davon im Anschluss nie etwas mit. Er hatte oft mit den Gedanken gespielt, wie es wohl sein müsste, wenn man in einer Geschichte umgebracht werden würde. So verstand er nun auch, was mit ihm bald passieren würde. Es gab da allerdings eine Sache, die er dafür absolut gar nicht verstand: „Aber wie ist es möglich, dass ihr zu dritt seid?!"

Pia erklärte: „Wir beide sind durch die Liebe hierhergekommen."

„Das ist interessant. Aber wer wird mich denn eigentlich umbringen? Passe ich nicht gut genug auf mich auf? Aber das kann ich mir nicht vorstellen."

Pia fasste weiter zusammen: „Es gibt da eine Frau, die irgendwie auch in die Dimension der Fantasien reisen kann. Sie hat sich ihr Buch genommen und so rausbekommen, dass sie reich und mächtig wird, wenn sie die Geschichten zerstört. Sie muss dich umgebracht haben, damit du ihr nicht im Wege stehst. Aber wir verstehen einfach nicht, wie sie in der Lage ist, auch hierhin zu reisen."

„Ich glaube, ich weiß die Antwort. Aber um sicherzugehen, wie heißt diese Frau?", wollte Olaf

141

wissen.

„Anette von Droste-Hülshoff."

„Oh, sie ist es wirklich! Aber ich kann euch verraten, dass das nicht ihr richtiger Name ist. Sondern der Name der Autorin aus der Geschichte aus der sie stammt. In dieser Geschichte war ich erst vor ein paar Tagen gewesen. *Olaf, das sind doch nur für uns ein paar Tage gewesen!* Ja, du hast Recht, Cäcila. In Wirklichkeit sind es ja schon 16 Jahre, die vergangen sind. Wie auch immer. In dieser Geschichte war ich damals gewesen, da mich interessierte, wie dort das Geschehen abläuft. Denn Anette von Droste-Hülshoff schrieb ihre Geschichten als Gedichte. Jedoch merkte man diesen Unterschied nicht und ich unterhielt mich mit einer Frau. Sie gehörte nicht richtig zur Geschichte und war nur eine Bewohnerin in der Stadt, wo die eigentliche Handlung ablief. Ich fiel ihr irgendwie auf und sie fragte mich viel. Ich dachte mir nichts dabei. Aber ich erzählte ihr davon, dass sie in einer Geschichte leben würde. Was habe ich nur gemacht! *Ich habe dich davor gewarnt.* Sie fand alles total spannend und interessant. Diese Frau muss es geschafft haben, aus ihrer eigenen Geschichte zu entfliehen. Anschließend hat sie mich dann hier getötet und sich das Buch geschnappt. So hat sie die ganzen Geheimnisse herausbekommen, welche ich ihr nicht verraten habe und beschlossen, die Dimension der Fantasien zu zerstören."

Pia war überrascht. Auf die Idee war sie ja gar nicht gekommen! Die ganze Zeit hatte sie sich Gedanken gemacht, wie die Droste-Hülshoff in der Lage war, hierher zu kommen. Und eigentlich war ihr Problem gewesen, wie sie aus der Dimension der Fantasien raus kam und nicht rein. Doch alle Fragen waren immer noch nicht beantwortet:

„Doch wieso hat sie erst vor ein paar Wochen angefangen Geschichten zu zerstören?"

„Die Frage ist nicht allzu schwer zu beantworten. Anette kann zwar Geschichten durcheinander bringen, aber selber nicht die Geschichten mit Happyend zerstören. Es sei denn, sie bekommt den Autor ihrer eigenen Geschichte raus. Sie hat lange gebraucht, um dieses Geheimnis zu lüften. Aber ich merke auch, dass sie bisher sehr fleißig war. Ich schätze, dass sie nur noch eine Geschichte zerstören muss, bis die Dimension der Fantasien auseinander bricht. Anette muss nämlich nicht alle Geschichten zerstören. Es reicht völlig aus, wenn sie nur einen kleinen Teil zerstört. Wenn sie so viel zerstört, dass die Welt, in der wir gerade sind, von alleine zusammenbricht. Ihr müsst jetzt keine Panik schieben. Ich weiß, wie krass das klingt und es ist wirklich sehr knapp. Aber wenn wir nun einfach zusammen alle wieder zurückkehren, dann werden alle Probleme auf einmal gelöst sein. Wenn wir nämlich zurückreisen, wird es zwei Schlüssel zur gleichen Zeit geben. Und wenn so was passiert, dann bedeutet das, dass etwas gewaltig schief gelaufen sein muss und die Dimension der Fantasien wird die Tür verschließen. Niemand wird mehr dorthin reisen können. Es ist ein Schutzmechanismus der automatisch eintreten wird. Aber das Beste an diesem Schutzmechanismus ist, dass jeglicher Einfluss, der durch uns geschaffen wurde, nicht mehr existiert. Das bedeutet, dass auch alle Geschichten wieder zu einem guten Ende führen."

Es waren wundervolle Worte (der letztere Teil war für Pia und Timo bereits bekannt), die aus dem Mund von Olaf kamen. Endlich waren alle Unklarheiten von

Alicia, Pia, Timo und Chakro geklärt. Und endlich sollte alles vorbei sein. Sie mussten die ganzen Geschichten nicht mühselig in Ordnung bringen und alles würde wie früher sein.

Doch du hast bestimmt schon bemerkt, dass noch ein paar spannende Seiten auf dich warten. Daher sollte es wohl noch zu einer Verzögerung kommen.

Wären die sechs in diesem Moment verschwunden, wäre alles womöglich noch gut ausgegangen. Doch Olaf besaß noch eine entscheidende Frage: „Woher wusstet ihr eigentlich, dass ich in dieser Geschichte gefangen bin?"

„In dem Buch, welches Anette dir gestohlen hat, stand dies drin."

„Aber wie sollte ich dies reingeschrieben haben?"

„Na, das Buch ist doch magisch und dieser Hinweis wurde sicherlich von ganz alleine reingeschrieben."

„Nein, das Buch ist ein ganz stinknormales Buch, welches ich mir vor vielen Jahren in einem ganz normalen Laden gekauft habe."

Aber wer hatte es dann reingeschrieben? Timo war der erste, der auf die Antwort kam. Doch das brachte den sechs in dem Moment nichts mehr, denn Anette platzte in das Zimmer rein. Sie hatte schon von Anfang an den Verdacht gehabt, dass Pia und Timo ihr Geheimnis wussten und nur gehofft, dass die beiden durch Zufall, auf das Buch stoßen würden. Damit sie in ihre Falle tappten. Was sie auch gemacht hatten. Sie war natürlich diejenige gewesen, die in das Buch die Hinweise reingeschrieben hatte. Anette war nun mit gefährlichen Waffen ausgerüstet. Sie war nicht sonderlich gut im Treffen. Doch sie besaß Pfeile, die das Opfer trafen, egal wie man sie warf. Fantasiegeschichten waren halt

144

einfach enorm praktisch, um sich mit solchen Waffen auszustatten. Drei dieser Pfeile trafen ihr Opfer. Ein Pfeil nicht, da das Opfer verschwand, bevor der Pfeil sie treffen konnte. Alicia hatte ja auch immerhin schon viel Übung gehabt, genau im richtigen Moment abzuhauen. Sie konnte echt schnell die Dimension der Fantasien verlassen. Zum Glück. Doch die anderen vier hatten es nicht geschafft. Und starben. Sie waren tot. Völlig geschockt kamen Alicia und Chakro nun wieder. Zum Glück schlief Kilian immer noch. Doch Alicia wusste nicht, was sie tun sollte. Also rief sie Frau Roth an. Nie hatte sich die Zeit ergeben, ihr von den ganzen Ereignissen zu berichten. Nun war so viel passiert, sodass Alicia gar nicht wusste, wo sie anfangen sollte. Was auf der Party alles passiert war, ließ sie weg. Und erzählte stattdessen, dass Pia und Timo nun in der Lage waren, auch in die Dimension der Fantasien zu reisen. Sie berichtete von dem Buch, welches die beiden entdeckt hatten und von Olaf, der von Anette umgebracht wurde. Und letztendlich erzählte sie, dass sie alle in der Klemme steckten. Es waren sehr viele neue interessante Informationen für Frau Roth, aber sie konnte alledem folgen und schlug Alicia vor in die Dimension der Fantasien zu reisen, um den Vieren zu helfen. Alicia würde den Kampf gegen Anette schon gewinnen. Immerhin war sie in der Lage, sich unsichtbar zu machen. Allerdings gab es hierbei ein Problem: Alicia konnte nicht mehr die Tür zur Dimension der Fantasien öffnen. Chakro war zum Glück immer noch bei ihr. Doch irgendwie ließ sich die Tür dorthin nicht mehr öffnen. Zu viele Geschichten waren schon zerstört. Frau Roth hatte noch eine andere Idee. Vielleicht war es möglich, durch Kilians Hilfe dorthin zu reisen. Vielleicht reichte die Liebe aus, um in die Dimension der Fantasien einzudringen. Vielleicht brauchten die Partner nicht einmal hundertprozentig in ihrem Charakter zusammen passen. Es war jedenfalls eine Hoffnung. Und Alicia blieb im Moment nichts anderes möglich. Vor allem, da nun Kilian aufwachte und er immer noch eine Erklärung verlangte. Gespannt schaute er sie an, als Chakro für Alicia anfing:

„Hallo Kilian, ich bin Chakro. Du hast mich ja gestern bereits kennengelernt. Ich beschütze zwar Alicia, aber das, was ich gestern gesagt habe, war nur, um die Jungs abzulenken. Ich kann Alicia nur verschwinden lassen, das war alles. Du guckst ziemlich entsetzt und verstört. Aber das Mädchen, in welches du dich verliebt hast, hat verdammt viel Fantasie. Ich hoffe für dich, dass du diese auch besitzt, denn sonst wird es dir echt schwer fallen dies zu verstehen. Chakro, ich glaube es wäre besser, wenn ich erkläre. Es verstört Kilian zu sehr, wenn aus meinem Mund deine Stimme kommt.*"*

„Ist dieser Chakro in deinem Kopf drin?!"

„Ja und er kann meinen ganzen Gedanken hören."

Kilians Augen weiteten sich immer mehr. Erst jetzt wurde ihm so richtig bewusst, was alles geschehen war. Alicia war vor seinen Augen verschwunden! Und im nächsten Moment auch wieder aufgetaucht. Die Erleichterung, dass alles gut ausgegangen war, hatte seine Verwunderung verdrängt. Doch nun begann er, sich mit der ganzen Sache auseinander zu setzen. Und er konnte nicht fassen, was Alicia ihm gerade erzählte.

Alicia verstand seine Verwunderung und ihr war es total unangenehm, denn was nun kommen würde, würde noch viel mehr Fantasie in Anspruch nehmen: „Kilian, für dich scheint alles so unrealistisch und sicherlich auch gruselig. Aber, wenn du mir einfach vertraust, dann wirst du es schon verstehen."

Doch so einfach, wie bei Pia und Timo, sollte es nicht werden. „Wohin zum Teufel bist du denn überhaupt verschwunden?!"

„In eine Welt, in der alle unsere Geschichten in Dauerschleifen ablaufen."

„What the fuck?!"

„Mann, Kilian schau mich doch nicht so verständnislos an. Pia und ihr Freund sind in dieser Welt zurzeit gefangen. Und mit deiner Hilfe können wir sie vielleicht befreien. Doch dafür musst du erst einmal verstehen, wie man in der Lage ist in diese Welt zu reisen."

Und so erzählte Alicia Kilian die ganze Geschichte. Dabei musste sie oft Sachen wiederholen, da Kilian nicht mitkam. Auch wenn er sich Mühe gab, ihr zu folgen, brauchte er eine Weile, um auch alles zu verstehen. Alicia musste dabei selber versuchen, sich unter Kontrolle zu halten. Auch wenn sie ein geduldiger Mensch war, musste sie immer daran denken, dass es hierbei um das Leben von Pia, Timo und Olaf ging. Und um das Schicksal der Menschheit. Wenigstens hatte Frau Roth vorhin zu ihr noch gemeint, dass sie selber auch noch einen Plan besaß. Wenn das mit Kilian also schief lief, gab es wenigstens noch Hoffnung, dass Frau Roth mehr Erfolg hatte. Durch Frau Roth hatte alles erst begonnen und Alicia wusste durch sie erst überhaupt, dass dies alles möglich sein könnte. Sie würde auch diejenige sein, die dem Ganzen ein Ende setzen wird. Auch Frau Roth hatte am gestrigen Tag etwas getan, was nun entschieden werden würde. Blicken wir in ihre Gedanken, um sie besser kennen zu lernen. Du weißt ja noch nicht einmal, wie sie mit Vornamen heißt! Aber ich verrate es dir. Ich blicke nun in die Gedanken von Sissi: „Wieso müssen mich ausgerechnet jetzt so viele rote Ampeln aufhalten, wenn ich es eilig habe! Damit mein Plan funktioniert, werde ich nun Anette einen Besuch abstatten. Ich hoffe, dass sie zu Hause ist und ich sie davon abhalten kann, noch einmal in die Dimension der Fantasien zu reisen, um die letzte Geschichte zu zerstören. Ich hoffe einfach nur, dass ich nicht zu spät komme. Denn wenn Anette es schaffen sollte, die Dimension der Fantasien auszulöschen, wären auch Pia und Timo für immer verloren. Ich bin echt stolz auf Pia, dass sie auf die Idee gekommen ist, wie sie selber auch in die Dimension der Fantasien gelangen kann. Ich hatte sie völlig unterschätzt und gedacht, dass Alicia und Pia so sehr von der Liebe abgelenkt sind, dass sie das eigentliche Problem aus den Augen verlieren. Diese Liebe. Ich erinnere mich noch gut daran, als ich in dem Alter von Alicia und Pia war. Zu ihnen hatte ich zwar gesagt, dass ich noch nie in irgendeiner Weise einen Freund hatte, doch stimmen tut es dann doch nicht. Denn damals war ich unglücklich in Ralf verliebt. Ich fand ihn einfach so toll. Und er mich auch, bis er bemerkte, wieviel Fantasie ich besaß. Er hielt mich für komplett gestört und fand mich irre. Ich war so tief am Erdboden versunken, als er mir diese Worte an den Kopf warf. Wenigstens haben Pia und Alicia ihre Liebe gefunden. Ich hoffe jedenfalls, dass Kilian zu Alicia halten wird. Aber er wird ihr wenigstens glauben, denn Alicia hat ja Beweise. Mir hätte niemand so ohne weiteres geglaubt. Also, ich habe es aufgegeben, einen Partner fürs Leben zu finden, denn irgendwann hätte mich dieser eh verlassen. Gerade sitzt der Schmerz wieder tief in mir und ich bedauere mein trauriges

Liebesleben. Aber ich kann mich schnell davon ablenken, denn im Moment gibt es immerhin weitaus größere Probleme. Und ich könnte diese Probleme lösen, denn gestern habe ich auch einen Weg gefunden, wie ich in die Dimension der Fantasien gelangen könnte. Ich hoffe nur, dass es funktionieren wird."

7. Kapitel: Das Happyend

Frau Roth hatte es nicht direkt geschafft, sich selber in die Dimension der Fantasien zu zaubern. Aber sie war durch viel Fantasie auf die Idee gekommen, selber eine Geschichte zu schreiben. Gestern hatte sie damit begonnen und ihre Tat zum Glück auch vollenden können. In der Geschichte hatte sie sich selbst beschrieben. Sie war eine Frau, die wusste, dass sie in einer Geschichte in der Dimension der Fantasien festsaß. Sie war selbstständig und war in der Lage, ohne jeglichen Einfluss aus ihrer eigenen Geschichte, (die sich Frau Roth natürlich auch ausgedacht hatte und welche auch zu einem guten Ende führte), zu entfliehen. Sie kannte Alicia, Timo und Pia. Und sie wusste, dass sie Anette umbringen würde. Frau Roth hoffte, dass ihre ausgedachte Person in der Lage war, die Geschichte „Bezaubernd" aufzuspüren und auch die Kopie von Anette zu finden. Und tatsächlich! Nach etwas Zeit fand die ausgedachte Frau Roth Pia, Timo und Alicia. Sie war am Anfang der Geschichte gekommen, als die Vier einschließlich Chakro auf der Suche nach Olaf waren. Sie liefen gerade dem Mann im ulkigen Kostüm hinter her. Doch Frau Roth achtete gar nicht auf sie, sondern entdeckte Anette. Sie hockte hinter einer Säule. Doch auch sie nahm die ausgedachte Frau Roth war. Es war keine Kopie von Anette. Anette von Droste-Hülshoff war zur Sicherheit geblieben, falls Alicia zurückkehren würde. Doch stattdessen war diese Frau hier, die sie interessiert anschaute. Es schien so, als würde sie Anette kennen. Doch Anette kannte sie nicht. Anette blieb trotzdem dort wo sie war, denn sie ging nicht davon aus, dass diese Person ihr gefährlich werden könnte. Denn sicherlich war sie nur ein Teil dieser Geschichte und die Person wunderte sich gerade nur, dass sie so seltsam hinter dieser Säule hockte. Daher machte es Anette auch nichts aus, als die ausgedachte Frau Roth sich Anette näherte. Sie sah das Messer nicht, welches die Schulleiterin hinter ihrem Rücken versteckte. Unschuldig lächelte sie Anette an. Und ehe sie sich versah, stieß Frau Roth ihr das Messer in den Bauch. Anette schrie laut los. Doch sterben sollte sie daran erst später. Bevor Frau Roth noch einmal zustechen konnte, wurde sie selber durch Anette umgebracht, die während ihres Leidens es trotzdem schaffte, einen Pfeil auf Frau Roth loszuwerfen. Dieser traf und das Gift wirkte schnell, sodass sie tot umfiel. Doch keine Sorge, die ausgedachte Frau Roth hatte ihre Arbeit getan, denn der Schrei von Anette war so laut gewesen, dass er selbst in dem Zimmer von Olaf zu hören war. Dieser verstand gerade, wer seine Gäste waren. Alle erschraken sie, als sie den Schrei hörten. Alle, außer Alicia und Chakro. Denn es handelte sich ja nur um die Kopie ihres Handelns, welche keine Reaktion auf einen Schrei vorsah. Ebenso wie Alicia nun nicht mehr auf Pia, Timo und Olaf reagieren konnte, da sie nun nicht mehr genau dasselbe zur selben Zeit sagten, wie in der vorherigen Schleife. Alicia blieb plötzlich an ihrem Platz stehen und bewegte sich nicht mehr. So als hätte man eine Maschine ausgeschalten. Das bemerkten die anderen. Und es brauchte nicht lange, bis sie verstanden, was hier los war: Sie würden alle in dieser Geschichte umkommen. Alle, außer Alicia. Ihre Seele war nicht in dieser Geschichte gefangen. Und so kam es, dass Olaf dieses Mal nicht viel Zeit verlor und Pia und Timo sofort verriet, dass es alles ein Ende haben würde, wenn sie nun zusammen die Dimension der Fantasien verlassen würden. Olaf erwähnte noch einen Ort, welcher Pia und Timo nichts sagte. Aber sie würden diesen schon finden und somit Olaf wiedersehen. Und im nächsten Moment verließen sie diesen wundervollen Ort, den sie nie mehr wiedersehen würden. Pia und Timo waren wieder dort, wo sie verschwunden waren. Und zwar im Zimmer von Timo. Pia hatte in dieser kurzen Zeit bei Timo geschlafen. So, wie Alicia bei ihrer Liebe geschlafen hatte. Pia wusste, dass sie Alicia anrufen musste. Denn sie machte sich sicherlich in diesem Moment wahnsinnig Sorgen. Pia und Timo waren erfreut, als sie mitbekamen, wie spät es war. Denn sie wussten nicht, wie viel Zeit vergangen war. Es hätte sein können, dass sie die Geschichte schon tausendmal erlebt hatten. Ihre Erinnerung wurde ja jedes Mal ausgelöscht und sie erlebten alles noch einmal. Doch zum Glück war es immer noch vormittags und es war auch immer noch derselbe Tag. Sie waren also noch nicht allzu oft gestorben. Es fühlte sich komisch für Pia und Timo an, einfach keine Erinnerung mehr zu haben. Der Gedanke, dass dies unendlich so weitergegangen wäre, wenn sie nicht gerettet worden wären, war echt unheimlich gruselig. Doch wer hatte sie überhaupt gerettet? Vielleicht wusste Alicia ja die Antwort.

Sie war gerade immer noch dabei, Kilian zu erklären, wie wichtig es war, die Dimension der Fantasien zu retten. Doch Kilian hatte immer noch Fragen:

„Was für eine Macht bekommt denn diese Anette?"

Alicia wusste selber nicht die Antwort. Aber sie konnte sich nicht mehr unter Kontrolle halten und fing nun an mit Weinen. Sie wusste, dass es davon auch nicht besser wurde. Aber es war einfach hoffnungslos! Kilian verstand einfach nicht, wie wichtig dies alles war. Sie hatte ihm schon so oft versucht zu erklären, dass es um das Leben von Pia und Timo ging. Doch Kilian erschien im Moment immer noch alles so unwirklich und ihm fehlte die Fantasie. Aber natürlich wollte er auch nicht, dass Alicia wegen ihm weinte. Doch was konnte er machen, damit sie aufhörte? Kilian konnte zwar nichts an ihrer Stimmung ändern, aber dafür Alicia's Handy, welches in diesem Moment klingelte. Alicia rechnete mit ihren Eltern, doch als sie sah, dass es Pia war, ließ sie aus purer Erleichterung ihr Handy fallen. Alicia hatte einfach nicht damit gerechnet. Aber es musste ja nicht zwingend Pia sein. Also hob Alicia schnell ihr Handy auf und rief:

„Bist du es, Pia?!"

„Ja, Alicia. Es ist alles gut gegangen."

Plötzlich waren alle Sorgen von Alicia aus der Welt und die Erleichterung fühlte sich gewaltig an. Es war Pias Stimme, die nun rätselte wer sie gerettet hatte.

„Es war sicherlich Frau Roth gewesen.", meinte Alicia.

Aber die Frage war, wie sie es genau getan hatte. Doch bald wussten sie auch schon die Antwort, denn sie riefen Frau Roth an. Sie war auch erleichtert. Und sie wusste nun, dass Anette von Droste-Hülshoff nie mehr an diesen Ort zurückkehren würde, wo sie sich gerade befand. Vor ihrer Haustür. Nun würde keine Anette mehr hinter dieser wohnen.

Doch was war mit Olaf und seinem Charakterwesen Cäcila? Wohin waren sie nach 16 Jahren endlich wieder zurückgekehrt? An einen Ort, der nicht mehr derselbe war. Als die beiden vor über 16 Jahren die Tür zur Dimension der Fantasien geöffnet hatten, war das kleine verlassene Häuschen noch da gewesen. Doch nun waren sie plötzlich auf einen Parkplatz gelandet. Und dieser gehörte zu einer Kaufhalle, welche im Moment im Betrieb war. Sonst war er immer zu diesem kleinen Häuschen auf einem großen Feld gegangen, um nicht gesehen zu werden. Und nun hatte sich dieses Feld zu einer Wohnsiedlung entwickelt, welche natürlich auch eine Kaufhalle besaß. Und ausgerechnet zu dieser kehrte Olaf zurück. Ein paar Leute sahen, wie er plötzlich erschien. Und diese glaubten ihren Augen nicht! Wie konnte denn dies auch möglich sein?! Doch Olaf kümmerte sich nicht um ihre Blicke und lief schnurstracks zu dem Ort, welchen er Timo und Pia genannt hatte. Er brauchte ihre Hilfe, denn er war früher so selten in der wirklichen Welt gewesen, dass er nicht einmal eine Wohnung besaß. Und nun hatte er nichts. Außer sich und Cäcila.

Als Sissi bei Timos Wohnung ankam, warteten Pia und Timo schon gespannt auf sie, denn sie wussten, dass der Ort, wo sie gleich hinfahren müssten, um die drei Stunden entfernt war. Bevor die drei losfuhren, holten sie Alicia ab. Auf der Fahrt, erzählte Alicia die Geheimnisse über Anette von Droste-Hülshoff, welche nicht mehr in der Erinnerung von Pia und Timo gespeichert waren, denn sie hatten die Dimension der Fantasien verlassen, bevor Olaf all dies erklären konnte.

Nun staunte Pia noch einmal. Und auch sie war fasziniert von Frau Roth. Genau wie Olaf. Dieser freute sich sehr, als sie nach drei Stunden Warten endlich ankamen. Er wurde sofort aufgeklärt, wer Frau Roth war. Und er war sofort begeistert von ihr. Sie war nicht nur wunderschön, sondern auch noch unglaublich raffiniert. Olaf verdankte ihr das Leben. Sie besaß so viel Fantasie. Aber das Beste an ihr war, dass sie genauso alleine und verlassen wie Olaf war. Olaf besaß niemanden in dieser Welt. Die meiste Zeit seines Lebens hatte er damit verbracht, eine Welt zu erforschen, welche zwar nun noch existierte, aber in die Olaf nie mehr gelangen würde. Dieser Gedanke schmerzte unheimlich. Doch Sissi lächelte ihn ermutigend an: „Sie können ruhig in mein Haus ziehen. Es ist groß genug für uns beide. Sie tun mir so unfassbar leid. Sie haben plötzlich alles verloren."

Die wunderschöne Schulleiterin gab Olaf plötzlich Kraft, die guten Dinge zu sehen: „Ich glaube, ich sollte mich im Moment lieber darüber freuen, dass mein Leben wieder weitergeht und ich nicht in einer Dauerschleife gefangen bin. Keiner wird mehr in diese Dimension der Fantasien gelangen. Aber wahrscheinlich ist es besser so. Es bricht mir zwar das Herz, aber ohne mich wäre es erst gar nicht zu dem Ganzen gekommen. Ohne mich hätte nie ein Charakter einer Geschichte mitbekommen, dass dieser nicht Wirklichkeit, sondern nur Teil einer Geschichte ist. Und wir können froh sein, dass alles gut ausgegangen ist. *Und die Schlüssel trotzdem noch da sind, obwohl sie eigentlich nutzlos sind.* Oh ja, dafür bin ich so dankbar. Du bist mir so ans Herz gewachsen." „Chakro, ich könnte es nicht aushalten, dich noch einmal zu verlieren. Du bist das größte Geschenk für mich. Wobei mir gerade auffällt, dass mir Kilian vielleicht doch noch ein kleines bisschen wichtiger ist. *Das glaube ich auch. Und ich schätze deine Ehrlichkeit. Wobei es dir wohl nicht gelingen würde mich anzulügen, wenn ich deine Gedanken lesen kann.* Ich bin so froh, dass Kilian mich liebt. Und obwohl er so wenig Fantasie besitzt, hat er versucht, mich vorhin zu verstehen. Es fiel ihm schwer, aber er hat sich angestrengt. Und das zeigt mir, wie sehr er mich mag."

Überglücklich strahlte Alicia bei diesem Gedanken. Sissi war während dessen vollkommen abgelenkt. Und zwar von Olaf. Er würde ab sofort bei ihr wohnen. Und er besaß mindestens genauso viel Phantasie wie sie. Er war der erste Mann gewesen, der Frau Roth für ihre sinnlos erschienenen Spinnereien nicht für dumm verkaufte, sondern dafür sogar bewunderte. Sie hatte sich in ihn verliebt. Und er in sie. Doch sie würden es wohl nicht so schnell zugeben. Aber dafür versuchte Cäcila, die beiden zu verkuppeln: *„Also ich muss schon sagen, dass ihr beiden zusammen, ein wirklich gutes Paar abgeben würdet."*

Pia, Timo, Alicia und Chakro stimmten ihr zu. Und die beiden lächelten sich verliebt an. Ja, sie waren wirklich füreinander geschaffen! Zusammen wären sie auch in der Lage gewesen, in die Dimension der Fantasien zu reisen. Wären. Doch nun würde niemand mehr diesen wundervollen Ort erkunden. Aber war das schlimm? Alicia, Pia und Sissi hatten schließlich ihre Traumpartner gefunden. Und sie hatten alle ein spannendes Abenteuer erlebt, welches nun an dieser Stelle endete. Und da es sich, wie der Kapitelname schon verrät, um ein Happyend handelt, könnte es durchaus möglich sein, dass diese Geschichte nun wieder von vorne beginnt. Wer weiß, vielleicht bist du ja auch in der Lage in die Dimension der Fantasien zu reisen. Wer kann beweisen, dass es sie nicht gibt? Niemand. Falls du wirklich ein Gegenstück von deinem Charakter besitzen solltest und in diesen magischen Ort reisen kannst, dann suche bitte diese Geschichte auf und bestelle den Hauptpersonen einen schönen Gruß von mir. Von mir, der Erzählerin.

(PS: Natürlich erfanden sie alle zusammen noch eine Geschichte, welche Timo dem Geheimdienst verraten konnte. Sie besaßen schließlich alle viel Fantasie. Und ließen sich viel einfallen. So wie du vielleicht auch! Vielleicht hast du auch eine Idee, wie man alles mit einer einfachen Lüge erklären hätte können.)

Impressum:
© 2019 Laura Schmitz
Herstellung und Verlag: BoD – Books on Demand, Norderstedt
ISBN: 9783739233611